W0368058

LE « CERTAIN ÂGE »

Romancière, journaliste, dramaturge, ex-membre du jury du prix Femina, Madeleine Chapsal a publié de nombreux romans chez Fayard.

Paru dans Le Livre de Poche :

Adieu l'amour
L'Ami chien
Les amis sont de passage
L'amour n'a pas de saison
Les Amoureux
Callas l'extrême
La Chair de la robe
Les Chiffons du rêve
Conversations impudiques
Dans la tempête
Dans mon jardin
Défense d'aimer
Deux femmes en vue
L'Embellisseur
Envoyez la petite musique
La Femme sans
L'Homme de ma vie
L'Indivision
L'Inventaire
Jeu de femme
La Maison de Jade
Mère et filles
Meurtre en thalasso
La Mieux Aimée
Noces avec la vie
Nos enfants si gâtés
Nos jours heureux
Reviens Simone
La Ronde des âges
Les Roses de Bagatelle
Si aimée, si seule
Suzanne et la province
Trous de mémoire
Un bouquet de violettes
Un été sans toi
Un oncle à héritage
Une femme heureuse
Une saison de feuilles
Une soudaine solitude

MADELEINE CHAPSAL

Le « certain âge »

FAYARD

© Librairie Arthème Fayard, 2005.
ISBN : 978-2-253-11816-9 – 1re publication LGF

« Une rose d'automne est plus qu'une autre exquise. »

Agrippa d'Aubigné (*Les Tropiques*).

« Moins elle se montre et plus elle est belle. »

Le Tasse.

Longtemps je me suis demandé ce qu'on pouvait bien entendre par l'expression : « un certain âge ».

Au temps de mon enfance, dans les milieux de la haute couture, jamais au grand jamais on ne se serait permis d'énoncer, à supposer qu'on le sût, l'âge d'une cliente ! Lorsque quelqu'un peu familier des usages de l'élégance murmurait : « Mais quel âge a-t-elle donc ? » en voyant apparaître l'une des belles personnes en apparence « sans âge », habillées par Maman ou par marraine Vionnet, la réponse était immanquablement la même : « Un certain âge... »

La périphrase ne renseignait guère mes dix ans, d'autant qu'en prendre un de plus me paraissait, à moi, une grâce, gâteau et cadeaux étant chaque année plus importants. Vivement grandir !

Justement, c'est en grandissant que je m'aperçus que les femmes autour de moi n'avaient pas toutes le même âge. En fait, je les divisais en deux catégories : celles qui avaient rang de mère, et les autres, telles ma Mémée, qui avaient celui de grand-mère. On les distinguait facilement : les premières s'habillaient court, mettaient du rouge à lèvres et passaient un bonne partie de leur temps chez le coiffeur. Les secondes avaient des cheveux blancs, le plus souvent en chignon, portaient des jupes sombres jusqu'aux chevilles – jamais de décolletés ni de maillots de bain ! – et parlaient d'une voix douce.

Comment se faisait le passage d'une catégorie à l'autre ? Je ne me posais pas la question, car j'avais le sentiment que chacune avait toujours été comme elle était pour l'heure. À croire qu'on naissait mère, ou grand-mère, ou petite fille... Et je n'imaginais pas qu'à mon tour je pourrais être femme adulte, jeune fille à la rigueur ; quant à être une grand-mère courbée, à la voix cassée, perpétuellement assise – moi qui aimais tant courir et ne tenais pas en place –, c'était inconcevable.

Rien que le mot « aïeule », que je rencontrais parfois dans mes livres, semblait désigner une espèce en voie de disparition ou appartenant à un univers étranger, comme « fée » ou « sorcière ».

Ce qui achevait de mettre les personnes âgées à part, c'est qu'on m'avait inculqué que je devais me montrer particulièrement polie avec celles qui, outre leurs cheveux blancs, étaient affublées d'une canne et entendaient mal ; mais nul ne me disait : « Un jour, toi aussi tu seras comme ça ! »

C'est au cours de mon adolescence qu'il m'est advenu d'en prendre conscience : la condition humaine, sujet de réflexion en classe de philo, comportait aussi la vieillesse ! Choquée, dégoûtée par une réalité que ma jeune lucidité ne pouvait éluder ni réfuter, je m'en détournais avec un haut-le-corps : « Pour moi, ça ne m'arrivera jamais ; je serai morte avant ! »

Inutile, donc, de me fatiguer à prévoir, organiser, vivre d'avance mon troisième ou quatrième âge : cette dégringolade ne me concernait pas.

Ce qui, d'une certaine façon, était sage : à chaque tranche de vie suffit sa peine !

Mais, aujourd'hui, depuis qu'on a cessé de faire peur aux jeunes avec la notion d'« enfer », on a inventé de les terroriser avec des représentations imagées de l'épouvante qui les attend – alors qu'ils n'ont parfois pas même commencé à vivre : « Préparez-vous à être vieux ! » (Plus de dents, plus de cheveux, plus de forces, la vue baisse, les facultés et les revenus aussi...)

Comme ce bourrage de crâne m'a été favorablement épargné, je ne m'en préoccupe que maintenant, depuis que j'ai vraiment le pied dedans. Sans oublier que l'administration, elle, me rappelle sans cesse à l'ordre – à l'exactitude chiffrée de mon état civil ! Pas plus tard que la semaine dernière, alors que je me procurais un nouveau poste de télé, le mien ayant été pulvérisé par la foudre limousine, la commerçante, afin d'établir la déclaration exigée en vue de régler la redevance, m'a ainsi demandé, quelque peu gênée, de lui préciser mon âge !

Récemment, Marc-Olivier Fogiel insistait outre mesure sur celui d'Alain Delon : « Avoir soixante-dix ans, ça vous fait quoi, monsieur Delon ? – Permettez, répondit le bel Alain avec sa hauteur revigorante, je ne les aurai que dans deux ans ! »

Lorsqu'un autre animateur, il y a quelques années, m'avait demandé le mien en direct, j'avais rétorqué, ce qui est vrai : « Aucun homme avant vous ne m'a jamais demandé mon âge. Eh bien, c'est non ! »

Sous-entendu : « Débrouillez-vous pour le trouver seul et faites-en ce que vous voudrez. Pour moi, je m'en lave les mains ! »

Mais pas tant que ça... Depuis quelque temps, je ressens au fond de moi – dans mon corps, mon esprit – qu'il y a des mesures à prendre face à ce que Simone de Beauvoir, si acharnée à vivre, a défini, comme elle savait si bien faire, par cette formule couperet : le rétrécissement de l'avenir.

De quoi réfléchir et s'interroger... Pour moi, chaque fois que je me retrouve déconcertée, ou interdite ou choquée, ma première réaction est toujours la même : écrire ! Pour trouver la réponse. La voici.

C'en est fait, je ne peux plus me retenir et j'en parle autour de moi : « Cela vous fait quoi, de vieillir ? »

En premier lieu, les visages se ferment : c'est donc si évident, ce qui est en train de leur arriver, autant qu'un bouton au milieu de la figure, pour que j'ose ainsi leur en parler ? D'autant que le sujet ne s'aborde pas quand on est bien apprise – apparemment, je ne le suis pas, ou plus –, ou alors a contrario : « Quelle bonne mine, tu as encore rajeuni. Tu ne fais vraiment pas ton âge... Tu as l'air tellement plus jeune ! »

Votre vis-à-vis alors se rengorge, rosit, va perdre cinq ou dix ans d'un coup.

Aussi ma question à contre-courant fâche-t-elle. À tout le moins froisse, appuie où ça fait mal. Je tente de justifier mon impolitesse, de la rendre acceptable en ajoutant : « Vieillir, c'est ce qui m'arrive au triple galop, ces temps-ci... Et je ne sais trop comment me comporter. C'est comme une seconde naissance : j'entre dans un monde où j'ai tout à apprendre ! Au secours ! »

Déjà par rapport aux autres : certaines personnes

que je n'ai pas vues depuis un bout de temps se récrient après hésitation : « Mais bien sûr que c'est vous ! Si j'ai eu du mal à vous reconnaître, c'est à cause de la couleur de vos cheveux qui n'est plus la même... »

C'est vrai, j'ai viré au roux – sus aux cheveux blancs sur ma tête ! –, je le reconnais et la gêne se dissipe. Reste, pour ce qui me concerne, un point non éclairci : à l'intérieur de moi, suis-je encore la même ?

Tant de gens ont écrit sur le vieillissement ! Quand ils sont encore jeunes, c'est pour lâcher des propos déplaisants et même méprisants – le vocabulaire pour désigner et maltraiter les vieux en paroles est on ne peut plus vaste et divers. Cela va du cinglant « vieille peau » à l'affectueux « mémée » en passant par « rombière », « croulante », « tapée », « passera pas l'hiver »... Comme s'il suffisait de dénoncer un mal pour qu'il ne vous atteigne pas.

D'autres, qui en ressentent les atteintes pour avoir découvert sur eux les premiers symptômes de la déchéance annoncée – diminution des performances auditives, visuelles, sexuelles, sportives, intellectuelles – en parlent avec crainte, horreur, répugnance, fureur... Comme Simone de Beauvoir dans son livre terrifiant sobrement intitulé *La Vieillesse*.

Il n'y aurait que les poètes, les plus grands, pour mettre de la douceur et même quelque beauté dans la survenue du déclin. « Je suis un vieux poète oublié par la mort », disait Victor Hugo. « Vivre, c'est naître lentement », Antoine de Saint-Exupéry. « Les jours sont peut-être égaux pour une horloge, mais pas pour un homme », Marcel Proust. « Peu de gens savent être vieux », François de La Rochefoucauld.

Ces gens de cœur et d'esprit ont le don d'accepter et d'aimer l'humaine condition sous tous ses aspects – depuis le premier état (« *dur, dur, d'être un bébé...* ») jusqu'à la dessiccation du grand âge. Et ils nous bercent de mots pour nous réconcilier avec notre ultime et parfois si pénible tranche de vie.

Toutefois, ce n'est là que littérature.

Qu'en est-il de la réalité vécue ?

Au hasard de mes lectures, j'apprends, sidérée, qu'en vieillissant notre peau continue de grandir alors que l'intérieur du corps se tasse, se rétracte en divers points, à commencer par son armature, le squelette. La peau, si ajustée, si gainante quand on est jeune, ne cesserait de croître, de même que les ongles et les cheveux continuent de pousser après la mort.

En somme, nous nous retrouvons habillés trop large, en XXL, par notre traîtresse enveloppe, alors que nous faisions jusque-là un élégant 38/40...

L'évidence est si laidement visible qu'elle en est incontestable. Ai-je besoin d'indiquer les points où ça s'élargit et « godaille » le plus ? Sous les bras, entre les cuisses, dans le dos, sur le ventre, l'estomac, le cou, ailleurs... – mais vous le savez aussi bien que moi !

Solution ? Pour le moment, la chirurgie.

De plus en plus de chirurgiens esthétiques se chargent d'enlever la peau en trop, ce qui laisse des cicatrices plus ou moins bourgeonnantes selon les personnes ; mais le résultat est en gros assez satisfaisant, comme pour un vêtement qui flotte autour de vous et qu'une bonne couturière vous « reprend » et remet à votre taille.

J'en souhaiterais les résultats, mais je crains l'opération, par-dessus tout l'anesthésie. Alors, pour l'instant, je me carre dans mes drapés. J'ai demandé à Sonia, qui se plaint des mêmes maux – d'autant qu'elle est encore plus exigeante et lucide que moi pour ce qui est de l'apparence –, de tenter de remédier à la dégradation de notre habitacle peaucier par l'habit : « Tu devrais nous faire des vêtements semblables à ceux d'Issey Miyake : tout pleins de petits plis très serrés ; comme ça, les nôtres se noieraient dans ceux de nos vêtements... »

La géniale habilleuse a secoué la tête : elle n'aime créer que pour les femmes qui remplissent sans faillir leur sac de peau.

À ce propos, notez que les rondes et même les obèses s'en tirent mieux que les restées minces : elles colmatent les creux et emplissent ce qui pend avec de la graisse.

À chacun ses procédés et artifices pour pallier le relâchement !

N'empêche qu'il est inéluctable et que ce reflux de l'élastine est ce qui trahit le plus désagréablement la prise d'âge. Plus que les rides et les cheveux blancs qui, pour leur part, peuvent apparaître dès trente ans.

Alors que la peau, elle, ne s'abandonne et ne nous lâche sans rémission que sur le tard. Mais alors amplement...

Auriez-vous dormi de travers sur votre matelas, qu'il soit habituel ou de hasard ? Vous vous réveillez avec un fort mal de dos, vous réagissez en vous tenant les côtes, en vous massant la colonne vertébrale et en vous disant : « Quand j'aurai bougé, bu mon café, cela passera... » Et, de fait, ça passe !

À partir du « certain âge », c'est une autre pensée, plus insidieuse, qui se présente à vous et vous gâche jusqu'au goût du café : « Et si c'était le début de l'ostéoporose ? de la décalcification de la hanche ? » Et de s'enfoncer dans le délire : « Dois-je passer une radio, prévoir une opération, m'habituer à l'idée d'une prothèse ? » L'idée d'être équipée de faux os est désagréable, mais, après tout, on a bien de fausses dents...

Puis un reste de bon sens, d'optimisme, vous suggère d'attendre au lendemain avant de vous précipiter chez le rhumatologue. Déjà, d'avoir bougé, vous avez moins mal ; à tout prendre, rien n'est vraiment changé... sauf votre mentalité !

Au « certain âge », la moindre douleur, au lieu de faire partie de la panoplie d'embêtements qui accompagne le fait d'être vivant, est ressentie comme une menace. Qui va en se renforçant.

Un mal de ventre ? Jusque-là, on se disait : « Qu'est-ce que j'ai bien pu bouffer comme saloperie ? » Désormais, on envisage le pire : polype, cancer, nécrose de l'intestin...

Quelque douleur articulaire ? La jeunesse ne s'inquiète pas : « J'ai trop joué au golf, au tennis... ai dû me cogner, suis tombé du lit en baisant... » Le « certain âge », lui, pense tout de suite à l'arthrose, au rhumatisme inflammatoire, déformant... Et de se mettre à considérer ses mains : « La peau plisse, j'ai des taches brunes, mais je peux encore enfiler mes bagues... » Et de lorgner celles des copines pour vérifier si elles aussi portent toujours leurs mêmes diams et leur alliance, ou si elles ont dû y renoncer pour cause de gonflement des métatarses !

En fait, une fois le « certain âge » mis en route, on peut diagnostiquer deux sortes de changements : ceux dont on se croit seul à s'apercevoir, et ceux qui sont constatés par autrui, parfois même avant vous.

Ainsi la voussure du dos ! On la remarque d'emblée sur les autres. Qu'une amie marche devant vous : « Tiens, Martine se voûte ! La pauvre ! C'est qu'elle ne fait aucun effort, aussi. Je devrais lui dire de se tenir plus droite, ça fait vieux... » Quand il s'agit de soi, côté verso on a du mal à se juger, sauf dans une glace à trois faces, cette garce ! Plus révélateur encore, il y a les photos. Lesquelles ne pardonnent pas !

C'est pourquoi je me suis entraînée, sitôt que j'aperçois le museau d'un objectif braqué sur moi, à raidir mes genoux, à me tourner de trois quarts – on paraît plus mince –, à étirer ma colonne vertébrale et ma nuque... N'empêche : sur certains clichés pris à l'improviste, ou de dos, justement, cela se voit drôlement qu'on « fatigue » et qu'on se tasse !

On se dit qu'on devrait faire un peu de gym. Bah, on verra demain, ou cet été, ou l'hiver prochain...

Deux attitudes sont possibles à l'entrée dans le « certain âge » : tenter de lutter pour se maintenir en deçà de l'affaissement par tous les moyens modernes – massages, salles de gym, sports, jogging –, ou calculer combien de temps on peut encore escompter vivre. Rapide estimation en fonction de l'espérance de vie de ses congénères occidentaux, de la date de décès de ses parents, puis de conclure : « Pour le temps qu'il me reste, à quoi bon m'embêter avec des soins palliatifs forcément ennuyeux et qui ne changeront rien à l'issue fatale – autant profiter de la vie telle qu'elle s'offre ! »

Paresser devant la télé, se goinfrer de pâtisseries, s'embarquer pour de petites croisières bien encadrées... Il sera toujours temps pour la galère si on reste vivant !

Quelle que doive être la décision, on la prend dans son plus secret conseil, car pour ce qui est de l'entourage – les enfants en premier lieu –, il ne souffre nullement de vous voir rapetisser, marcher moins vite, vous endormir ci et là... Du fait que vous êtes en première ligne, à prendre les chocs de front, ceux qui arrivent derrière vous se croient à l'abri du désastre et ne s'en sentent que plus jeunes, les monstres !

Tant qu'on a encore ses parents, on ne se croit pas

directement visé – vrai pour la mort, mais aussi pour le vieillissement. Tant qu'autour de soi subsistent des anciens, des doyens, on se dit que le temps de fléchir et décliner n'est pas venu pour soi... On verra plus tard, dans un mois, dans un an, peut-être jamais : « Merci, les vieux, de nous faire la grâce de l'être à notre place ! Restez vieux avec nous le plus longtemps possible ! »

À l'orée de ses quatre-vingt-quinze ans et se sentant faiblir, mon père, sans que je le sache, disait à notre entourage : « Je m'inquiète pour Madeleine : que va-t-elle devenir quand je ne serai plus là ? »

Eh bien, c'est simple, Papa, j'ai pris ta place : je vieillis ! À croire que tu ne t'en doutais pas. Pour toi, ta fille ne pouvait qu'être et rester jeune ! Mais ne t'en fais pas : je le suis toujours quand je pense à toi...

Au réveil, il peut parfois arriver qu'on ne sache plus où l'on est, dans quelle ville, quelle maison, quel appartement, quel lit... Tout juste si l'on se rappelle qui l'on est ! Et avec qui.

Mais l'aurait-on oublié pendant son sommeil – car le rêve ignore le temps ! –, le « certain âge », lui, se réveille pile poil avec vous ! Sous la forme des questions lancinantes que l'esprit pose à la chair : qu'en est-il aujourd'hui des douleurs de la veille ? des raideurs, des ankyloses, du mal de dos ? et les jambes sont-elles toujours aussi molles ?

On hasarde un pied hors des draps, avec précaution, car on a conscience des pièges possibles pour s'y être déjà bêtement laissé prendre : la carpette qui glisse (éliminée !), l'angle saillant de la cheminée, le commutateur hors de portée. Et mieux vaut préférer des semelles antidérapantes à ses pantoufles...

Pour ce qui est des vertiges, autre péril, cela dépend des jours. Mieux vaut toutefois repérer à quels murs et sièges s'appuyer pour le cas où... Tout en se dirigeant vers les toilettes...

Là, chacun son affaire, mais, fût-on relativement ingambe, on apprécie les « trônes » en hauteur plutôt que ceux qui exigent de s'accroupir. Aïe, les genoux, quand il s'agit de se relever ! (Finies pour les filles les pissettes en grenouille dans la prairie !)

Inutile de s'étendre sur les besoins intimes, bien qu'à partir du « certain âge » on soit plus particulièrement attentif au comportement de ses viscères, particulièrement celui de sa vessie – je parle ici surtout des femmes (mais je crois savoir que les hommes aussi ont leurs problèmes de ce côté). Il s'agit pour nous d'entretenir le muscle pelvien par quelques contractions qui évitent la descente d'organes, cette plaie.

Si tout s'est convenablement déroulé, on en arrive au bon moment : celui du petit déjeuner ! Thé ou café, croissant ou biscottes, yaourt, fruit : quel qu'il soit, ce premier repas est accompagné d'un nombre progressif de pilules, dont certaines baptisées « compléments alimentaires »...

Où est le temps où l'on avalait quelque tartine dans l'ascenseur en cavalant vers la faculté ou le bureau ? Maintenant, c'est avec précaution qu'on aborde son premier repas : nous sera-t-il profitable ? C'est qu'on a la tête de plus en plus farcie de recommandations, qu'elles soient médicales, amicales, publicitaires – même la télé s'est mise à vous seriner ce que le « certain âge » doit faire et ne pas faire à table. En tout état de cause, il lui faut bien mastiquer. Comme on n'est pas des ruminants, pour se distraire on écoute la radio et ses attristantes informations qui ont toutefois un mérite, celui de consoler les non-sortants ralentis par l'âge : quelle chance de pouvoir rester au calme chez soi sans avoir à courir en tous sens dans un monde de plus en plus explosif !

Mais, depuis un moment déjà, on se prépare mentalement à l'opération de la toilette. Car c'en est une, et d'importance.

Déjà, se mettre nu ne se fait plus avec la désinvolture d'autrefois. On évite la glace en pied, car si la jeunesse se défripe en dormant, au « certain âge » rien n'a le bon goût de s'arranger seul pendant la nuit !

Le pèse-personne – que certains anxieux fréquentent quotidiennement – aide rarement à s'alléger le moral : déjà beau si l'on n'a pas pris quelques décagrammes alors qu'on n'a pratiquement – c'est juré ! – rien mangé la veille.

Toutefois, le pire reste à venir : qu'il s'agisse du bain ou de la douche, gare au sol mouillé ! Que d'exemples de proches qui se sont fracassés dans leur salle de bains !

D'où la nécessité de se concentrer sur chacun de ses gestes, ce qui rend encore plus présente la moindre douleur, contraction, difficulté à mouvoir ou plier tel ou tel membre.

L'autre jour, à peine sortie de la douche, je pars les deux pieds en avant pour un peu d'eau répandue sur le carrelage. Je me retrouve sur les fesses, c'est-à-dire sur mes ischios. Sans dommage, sauf l'étourdissement consécutif au choc. Autrefois, je me serais dit : « Ma vieille, quel bleu aux fesses tu vas te payer ! Tu auras l'air d'une femme battue si tu dois te mettre à poil ! » Ma première pensée a été autre : « Chic, je ne me suis rien cassé, mes os sont encore solides. Si je me remettais au ski... ou au cheval ? »

Mais oui, sachez-le, le « certain âge » présente parfois d'infinies ressources d'optimisme !

Venons-en à ce moment qui, pour chaque femme, quel que soit son âge, est férocement révélateur de qui elle est, qui elle pense être, qui elle veut être et pour séduire qui – l'habillage !

Sauf quand il s'agit de filles délibérément unisexes, lesquelles plongent dans leur jean/blouson de cuir sans chercher plus loin, ou de celles qui ont renoncé à se plaire, se jugeant trop grosses, trop maigres, trop nulles à leur gré, et qui ne songent alors qu'à se camoufler sous une accumulation de pelures, choisir sa tenue pour la journée représente pour chacune d'entre nous une opération intense. Elle peut être très lente et requiert en tout cas une totale concentration. Mais elle peut aussi relever du plaisir le plus pur : celui de l'autocréation !

Depuis Ève, condamnée, faute d'étoffe, à se draper dans sa longue chevelure, pour les femmes de toutes les civilisations se vêtir est un acte qui confine au sacré. Et gare à qui vient les déranger pendant ce moment où, pour la plupart, elles préfèrent être seules avec leur cher miroir, en proie à un geyser de sentiments qui les assaille jusqu'au délire.

Car il est très difficile, pour une femme, de concilier les désirs contradictoires qui la harcèlent quand elle doit improviser son image du jour. Veut-elle séduire – alors qui ? un jeune ? un mûr ? un vieux ? un proche ? un inconnu ? Provoquer – alors où ? au bureau ? dans la rue ? à une réception ? Se rajeunir, se vieillir (cela arrive aux minettes), transformer complètement son *look* pour être en accord avec sa nouvelle coupe de cheveux ? Ressembler au *top model* admiré dans un magazine ? Inaugurer son tout dernier achat ? Ou ressortir l'ensemble *vintage* qu'elle vient de dénicher au fond de sa penderie...

Il y a de quoi « cogiter » avec d'autant plus d'intensité qu'il arrive quand même que ladite femme soit pressée...

Or voilà que tout change, ou presque, avec l'arrivée du « certain âge ». Finie la trépidante séance d'autrefois où toute la garde-robe était passée en revue pour se retrouver en vrac sur le sol ! Cela ne veut pas dire qu'en vieillissant on cesse de réfléchir à sa toilette, mais on pense les choses autrement : on ne se demande plus « Que vais-je choisir de mettre ? » mais « Que puis-je encore me permettre de porter ? »

C'est le temps de l'élimination !

Selon l'exigence, le regard sur soi, le goût – convenu, extravagant, sophistiqué, exquis – qu'a chaque femme, elle va se montrer plus ou moins sévère. Sans verser dans l'excès des grandes dames d'autrefois, telle Mme de Montespan, qui, d'un jour sur l'autre, troquaient leurs impudentes toilettes contre le chaste habit de religieuse, on se pose la question de ce qu'il ne convient plus de montrer de soi.

Cela dépend des modes, des sociétés, de l'idée qu'on se fait de ses « restes » plus ou moins bien conservés, de son sens plus ou moins aigu de l'esthétique, mais aussi des saisons : ce qu'on ose encore porter à la plage semblerait intolérable ailleurs... Toutefois, il devient urgent, quelque mélancolie qu'on en ait, de dissimuler certaines parties de son anatomie autrefois si séduisantes et sexy...

Ne parlons pas seulement de l'estomac et du nombril dont la mise à nu, avec ou sans piercing, marque la frontière entre les générations. Car le nombril, ce petit entonnoir qui paraît sans prétention, se ressent lui aussi de l'âge... Également les genoux, lesquels, déjà pas très beaux de nature, se matelassent forcément. De même que la taille et les hanches : au « certain âge », foin du ceinturage archiserré ! Mieux valent les tenues lâches, les vestes non boutonnées, les tuniques longues, les entortillements – en somme, le voilage...

Peu recommandé, l'étalage des aisselles et du dessous des bras, ces pendoirs. C'est le moment d'adopter la manche longue ou mi-longue, les poignets boutonnés...

C'est qu'avec le « certain âge », on entre dans la période du camouflage. À ce propos, vive le port du pantalon – chipé aux hommes, largement plus pudiques ou prudents que nous ! Jean, pyjama, fuseau, jodhpurs ou autres, le pantalon a l'avantage de dissimuler d'un coup toute la moitié basse. Bravo aussi aux collants : ces malins gainages aplanissent, lissent, font briller, décorent n'importe quelle peau.

Quant aux couleurs, méfiance ! Là-dessus, deux thèses s'opposent. L'une consiste à se choisir des teintes si crues, si fluo, ou des imprimés si géants – telles les grosses dames de Harlem – que l'œil, fasciné, flatté aussi, en oublie de considérer ce qui se cache sous un si voyant bariolage. À l'inverse, certaines d'entre nous renoncent à tout ce qui « flashe » pour lui préférer le noir, le brun, le gris, le sombre, toutes les teintes assourdies qui mincissent, affinent, effacent. Quitte à les « désendeuiller » par un accessoire de couleur vive, chemisier, foulard, écharpe, fourrure, cabas, bijoux ou même chapeau !

Reste le cou. À moins d'être contrainte dès le premier âge au voile islamique ou à la *burka*, on montre son cou : il prolonge le visage, le met en valeur, et il serait dommage de se priver de cet atout, même s'il n'est plus de marbre ! Nos grand-mères croyaient résoudre le problème en s'affublant de tours de cou qui contenaient un peu l'épanchement de l'épiderme, mais les classaient immédiatement dans le rang des douairières... Aujourd'hui, on tente de camoufler le trop de peau avec des cache-cou moins ostentatoires : foulards, bien sûr, mais aussi blouses à nœuds comme en proposait Chanel sous ses tailleurs « tout âge », comme on dit « tout terrain ».

Il y a aussi le dispositif qui consiste à s'entortiller le haut du buste dans des colliers, des chaînes, des pendentifs destinés à capter l'œil par leur fantaisie ou leur munificence, tout en le détournant du reste.

Chanel y avait recours pour son compte : dévalée de perles vraies ou fausses, de chaînes d'or ou de métal – indémodables cuirasses contre les viles attaques du temps. Ma belle tante, qui détestait son « certain âge », me le conseillait : « Porte des perles autant que tu en as ou peux t'en offrir, ce sont les meilleures alliées du visage d'une femme... Elles lui prêtent leur éclat ! »

C'est vrai, les perles que ma tante m'a léguées rayonnent de cet art qui me manque : celui de ne pas vieillir !

Mais le pire ennemi du « certain âge », c'est le calendrier ! Avec lui, impossible de tricher et de s'en laisser conter ! À notre époque de recensement, de fichiers électroniques, de classements par catégories, on n'y coupe pas : vous êtes né en telle année, ni plus tôt ni plus tard, et tout contribue à vous le rappeler. Vous voici fiché, épinglé comme un papillon !

Aucune administration n'ouvre un dossier à votre nom sans vous demander votre âge. Les compagnies d'assurances en premier lieu, les caisses de retraite, mais aussi la SNCF (pour la carte senior), les banques et les grands magasins pour n'importe quel crédit, votre éditeur pour vous assujettir à l'Agessa, etc.

Je me souviens du charmant directeur de mon agence bancaire auprès de qui j'avais sollicité un prêt et qui m'avait répondu : « Aucun problème ! » Quand je revins le lendemain pour signer les papiers que ses services devaient préparer, consternation : on avait consulté ma fiche d'identité et j'avais passé l'âge auquel je pouvais emprunter sans garanties.

En fait, c'était moi la coupable, et on me le fit sentir : je me trouvais en faute de « dissimulation », je n'avais pas la tête de mon âge !

En faute, de ce point de vue, je l'ai été souvent et volontairement. Sachant d'expérience la figure que font les médecins à l'aveu de votre date de naissance si elle leur paraît trop reculée – à croire qu'ils ne vont plus juger nécessaire de vous soigner –, j'avais pris l'habitude de me rajeunir. Une fois, je vais jusqu'à me donner cinq ans de moins. Le praticien qui me fait face me fixe en haussant les sourcils : « Ça alors, je n'aurais pas cru ! » Ça y est, la honte : il a percé mon mensonge ! Quand il ajoute en souriant : « Je vous aurais donné beaucoup moins... »

Désormais je ne triche plus car – célébrité oblige ! – je sais que c'est inutile : non seulement je suis dans le *Who's who*, mais nombre de journalistes ne se gênent guère pour citer mon âge, ma date de naissance. Le dernier en date ? Yann Moix dans *Partouz*. (Qu'est-ce que je fais dans son livre, je me le demande !) Alors j'affiche, menton haut... Si trop découragé, s'abstenir !

Ce manque de courtoisie est d'ailleurs devenu général. Ça a commencé par les hommes, surtout les hommes politiques ; on dévoile leur date de naissance presque avant de donner leur nom... Pour le nouveau pape aussi, on s'est exclamé : « Ce qu'il est vieux ! » (Et Dieu, à propos, quel âge a-t-il ?) Depuis que la parité est de mise, on fait de même pour les femmes, jusqu'à leurs cinquante ou soixante ans – là, on se contente d'envier leur jeunesse en secret ; ensuite, ça commence vraiment à compter et on ne se prive pas de le faire remarquer.

Certaines ont dédaigneusement devancé l'appel : ainsi Françoise Giroud qui proclamait son âge à tout-venant. Bravo, ma chère, c'était à la fois du courage et du défi ! Claude Sarraute, cheveux blancs au vent, en fait autant... Pourtant, je me souviens de mes copines, proches par le cœur et par l'âge, lorsque j'ai émis l'idée de donner une grande fête pour mes soixante-dix ans : « Surtout, ne fais pas ça, on sait que nous avons à peu près le même âge, toi et nous. Inutile de le clamer sur les toits ! »

J'y ai donc renoncé. Pourtant, mes « fils » et aussi leur père, JJSS, étaient pour : « C'est une idée formidable, comme ça tu montreras à tout le monde qu'on peut encore être très performante à l'âge que tu as, et même encore belle... »

Ah, le fameux *encore*... !

Déjà qu'on ne cesse de se le chuchoter à soi-même : « Tu montes *encore* pas mal les escaliers... Tu es *encore* très en forme après minuit... Tu entres *encore* dans ta jupe de l'année dernière... Tu peux *encore* nager jusqu'au ponton... On t'a *encore* sifflée dans la rue... » Etc. Ou même : « Personne ne me propose *encore* sa place dans le métro ou l'autobus ! » Signification zéro, en l'occurrence, car plus personne n'offre sa place assise à qui que ce soit, même handicapé, femme enceinte ou avec enfant sur les bras.

On ne m'aide pas non plus à monter mes bagages dans le train ; il m'arrive d'exiger de quelqu'un, que je choisis au présumé de ses biceps, qu'il me les hisse dans le filet. Échange profitable de part et d'autre : le

« musclé » est flatté que je l'aie pris pour tel, et moi heureuse de voir mon chargement s'envoler...

Mais entrons dans de plus petits détails, car c'est par eux que se révèle la vérité. Les grands romanciers le savaient et ne nous les ont pas épargnés dans leur œuvre – pour notre plus grande satisfaction. Celle de tout savoir sur notre condition humaine, même le pire !

Tandis que je me livre aux gestes machinaux du lever, de la toilette, de la préparation du café, sans que j'aie d'effort à faire se rembobinent en moi les souvenirs de ce qui s'est passé la veille, en même temps que j'anticipe sur la journée à venir : téléphoner, écrire, rendre visite, acheter ci ou ça...

Toutefois, cette projection de mes activités passées ou futures – où je joue le premier (et beau) rôle – n'est pas qu'une sèche énumération : je développe, ajoute, enrichis, transforme, en somme ne cesse de faire du *remake*, comme disent les cinéastes, en bâtissant toutes sortes de scénarios. Je conçois des scènes, leur attribue un cadre – chez moi, dans la rue, ailleurs – et compose d'avance les dialogues : je dirai ci, on me répondra ça, mais j'objecterai... Avec un grand luxe de détails – une femme préparée en vaut deux –, depuis le premier mot de l'échange à venir : « Allô », ou « Bonjour » (ou « Téou ? » ou « Çava ? »)...

Un travail hallucinatoire. Lequel a lieu à l'identique lorsque je me prépare à écrire : le premier paragraphe est déjà dans ma tête, bâti et ponctué, avant même que je ne me sois assise pour le transcrire.

Mais qu'est-ce que ce mécanisme mental peut bien avoir à faire avec le « certain âge » ?

D'après les spécialistes du cerveau, les connexions entre neurones ne cessent de se multiplier au cours de l'existence, des réseaux de plus en plus nombreux, serrés, s'organisent et s'enchevêtrent, et c'est une prolifération d'associations qui envahit ainsi votre tête. Ça grouille là-dedans et si j'y réfléchis trop, je finis par me dégoûter de ma propre cervelle, comme si j'avais dans le crâne ce que j'ai vu une fois : une foultitude de vers proliférant sur un morceau de viande avariée ! Ni beau, ni sympa...

Pourtant, c'est grâce à ce fourmillement que mon actuelle pensée va de plus en plus vite, qu'elle est de plus en plus fournie : dès que j'envisage une situation, toutes sortes d'images se présentent à moi, tirées aussi bien de mon vécu que de mes lectures, de ce qu'on m'a raconté, de tout ce qui a fait « tilt » en moi avant de s'imprimer définitivement dans la masse encéphalique.

On pourrait en être submergé. En fait, et tous ceux qui fréquentent des créateurs âgés (ceux qui n'ont pas perdu la tête par précoce dégradation du système) le constatent : le « certain âge » va tout de suite à l'essentiel. Ne perd pas son temps à s'attarder dans les méandres. Sait ce qui « marche », ce qui ne marchera pas, ce qui est nouveau, ce qui a déjà servi, etc.

Cette capacité d'analyse et de mise en forme est l'un des bénéfices de la prise d'âge, à condition que les circonstances, la société, l'activité conservée permettent de l'utiliser. Plus flagrante chez les artistes qui se trouvent rarement à la retraite, elle est aussi le lot de certains chefs d'État, P-DG, artisans, juges, agriculteurs, chirurgiens, critiques, réalisateurs – la liste est longue. Tous ceux dont on dit : « Ils ont de l'expérience. »

On recherche d'ailleurs avec empressement le « diagnostic » de certains hommes ou femmes d'âge : ils connaissent leur affaire, de même qu'il savent jauger d'un seul coup d'œil un quelconque être humain. Ils l'ont rapidement flairé, soupesé, estimé, comme on voit faire aux goûteurs de vin qui portent un verre à leurs narines, le reposent et vous disent tout du cru en question, de son millésime et même de ses capacités de conservation.

On admire, on tient compte, sans pour autant chercher à savoir comment cela fonctionne en eux.

D'après moi, de la même façon que chez les ordinateurs de pointe qui résolvent en quelques minutes ou secondes des opérations qui, autrement, auraient demandé des jours, voire des années : tout le matériel qu'on y a accumulé est passé en revue à la vitesse de l'énergie électrique, et la solution est affichée.

Dans le champ humain, ce n'est pas aussi net, car il ne s'agit pas de chiffres ni d'un processus d'élimination, mais d'une soudaine illumination résultant de l'intuition : réponse ou solution s'imposent d'elles-mêmes.

Ce qui fait que le résultat est discutable, qu'il peut être rejeté, sujet à erreurs dues à des évitements, des préjugés qui tiennent à la personnalité et à l'histoire de l'opérateur. Les ordinateurs n'ayant souffert, jusqu'à preuve du contraire, ni affectivement ni physiquement, n'ont pas d'histoire ni d'affects, et leur jugement ne saurait être faussé par quelque mauvaise expérience passée... Le nôtre, si.

S'il atteint par là à la maîtrise, le « certain âge » conserve néanmoins ses faiblesses – lesquelles s'accentuent avec le temps. On déteste ou on rejette sans vraie raison : en fait, parce qu'on a pris un jour ce chemin et que les connexions nerveuses, les associations mentales continuent de vous y mener tout droit. Car l'habitude règne en maître dans le cerveau, jusqu'à le frapper de rigidité. Nous l'expérimentons tous, et il faut un effort particulier, un goût immodéré de la vérité pour ne pas laisser nos routines prendre le pouvoir... Pour accepter de revenir en arrière sur ce qui s'est constitué par le passé, et défaire nos si commodes automatismes.

Tous les « grands » que j'ai fréquentés savaient quel danger il y a à s'abandonner à la répétition, et tous m'ont dit à peu près la même chose : « J'arrive sur le terrain en ne sachant rien d'avance... » Qu'il s'agisse d'un cas clinique, d'un candidat à un poste, d'une œuvre d'art, d'un dossier de justice, de politique ou d'économie, l'absence de préjugés était le préalable à leur jugement.

Il y aurait donc contradiction entre ce qu'apporte l'expérience et ce qu'elle fossilise en soi ? Au point que les authentiques créateurs, les « génies », tentent de se remettre à chaque fois au point zéro – à retrouver, comme ils disent, leur regard, leur sensibilité, leur cœur d'enfant ?

En fait, la véritable mémoire, celle qui nous fait vivre et dévivre, n'est pas de l'ordre du conscient : elle est tapie dans la chair, les nerfs, elle est devenue réflexe, c'est la mémoire du corps.

Le corps n'oublie rien de rien, et tous ceux qui y ont affaire, qui s'occupent de le soigner – médecins, neurologues, thérapeutes en tout genre – pour réussir doivent la débusquer.

C'est mon ostéopathe me disant : « Savez-vous que les omoplates sont ce qu'il nous reste de nos ailes ? Lorsque vous avez mal par là, surtout à gauche – dans le côté gauche réside ce qui concerne le "soi" –, c'est que vous n'arrivez pas (ou plus) à vous envoler ! »

Ah bon...

Ma propension à rejeter la tête en arrière viendrait de ce que je ne veux pas voir – analyste *dixit* – ce qui pour moi se trouve « en dessous », côté sexe, génitalité, coït de mes proches, etc.

Intéressant...

En fait, le corps serait lisible, comme une carte de géographie.

Empêchés, restreints que nous sommes par tous les coups reçus, non rendus, non élucidés, nous risquons d'aller tout droit vers une paralysie sans causalité physique – et certains y vont partiellement ou totalement : cela s'appelle l'hystérie.

Mais cette mémoire incarnée, incrustée, qui ne pardonne rien, a aussi ses avantages, et c'est à elle que font appel les « experts ».

Ainsi celui qui juge de l'authenticité d'un tableau : il en a tant vu, depuis des années, dans tous les domaines, qu'il « sait », parfois dès la porte, sans s'être encore approché de la toile qu'on lui présente, si elle est de la main du maître ou de celle de son copieur. Connaissez-vous de très jeunes experts en peinture ? Moi, non. (Sauf ceux qui utilisent désormais la datation au carbone 14 et autres procédés scientifiques qui excluent le regard de l'homme.)

Avec le temps, nous devenons tous des experts en quelque chose qui nous concerne de près... Ainsi de notre passé ! Je relis en ce moment le courrier que j'ai reçu depuis des temps immémoriaux, dont beaucoup de lettres tendres et amoureuses, et c'est seulement maintenant que je comprends ce que l'on m'y disait vraiment : quelle sorte de sentiments s'y expriment, quelle demande s'y formule, quelle envie d'union plus profonde, mais parfois aussi quel désir de rompre, de larguer les amarres... Sur l'instant, je n'avais rien saisi de ce que recelaient les mots, quasiment rien compris aux intentions cachées du scripteur.

Qui n'en a fait l'expérience en relisant, comme moi, son vieux courrier, de vieilles lettres longtemps égarées, soudain retrouvées ?

Quelle satisfaction de déchiffrer, fût-ce *a posteriori*, ce qui nous avait échappé sur l'instant et qui donne la clé d'événements futurs qui s'ensuivirent ; mais aussi quel malheur de n'acquérir ce savoir qu'avec l'âge, quand il est trop tard pour répondre à l'appel – souvent d'amour – que contenait le message !

Reste qu'il n'est jamais trop tard pour dire et penser « Je t'aime », fût-ce à l'adresse d'un disparu.

« Est-ce que je peux ? Suis-je cap' ? » C'est la cruelle question que se pose à tout propos et avec crainte le « certain âge ».

On la formule également au jeune âge, mais là, avec espoir : « Vais-je être capable de m'imposer auprès de mes aînés, de plaire à cette fille (ou à ce garçon), de l'embrasser, de faire l'amour, de passer mon bac, de réussir mon concours, de gagner de l'argent, de devenir bon en sport, en art, en politique, de conduire, de parler en public ? Quand vais-je en être cap' ? »

Tant qu'on nourrit de tels doutes sur soi, c'est qu'on est merveilleusement jeune ! Et à ce brûlant état d'incertitude on a la ressource de répondre par l'action pour, si on échoue, se dire que la prochaine fois on fera mieux – ce qui, la plupart du temps, est le cas ! Cette progression peut durer longtemps. Chez certains, jusqu'à cinquante, soixante ans, parfois plus...

Mais, un jour, dès qu'on envisage ou tente quoi que ce soit, fût-ce d'habituel ou de nouveau, un terrible petit mot nous rabat le caquet : « encore ».

« Suis-je *encore* capable de sauter le ruisseau ? De descendre les marches deux à deux ? De nager cinq cents mètres ? De faire l'amour souvent ? Etc. »

La liste de ce qu'on se demande si on peut *encore* l'accomplir va croissant, – variable selon les individus –, jusqu'à finir par concerner la moindre de nos actions : un voyage, une sortie, un sport, un speech, un éventuel passage dans les médias – tout, désormais, va faire question.

On redevient comme le petit enfant qui, avant de se risquer dans telle ou telle activité, commence par se demander s'il est en mesure d'« assurer » – et avec quelle fierté il se réjouit quand il s'en sort ! Et d'en appeler alors à son premier public, Papa, Maman, grand frère, grande sœur, grands-parents, copains : « Regardez tous, je l'ai fait, j'ai escaladé le tas de sable ! J'ai sauté le fossé ! »

Au « certain âge », le témoin de nos exploits grands ou minimes ne peut être que notre compagnon, si on a la chance d'en avoir conservé un, ou à défaut, notre chien : « Regarde, Kiki, comme je me suis *encore* bien levé ce matin ! » *L'ai-je bien descendu ?* demandait Mistinguett, parlant de son escalier de théâtre, tant que ses belles gambettes ont bien voulu la porter. Et le public de l'applaudir comme Kiki le chien salue gentiment notre timide *encore* en remuant la queue !

Quant à moi, serai-je encore capable d'écrire longtemps ? Demain, oui, peut-être, mais après-demain, qu'en sera-t-il ?

Le poignant, ce sont les choses qu'on fait pour la

dernière fois, sans savoir que c'est la dernière. On s'habitue si bien au bonheur de se répéter !

Encore, disait Jacques Lacan, c'est le mot de l'amour.

Du temps que j'étais jeune et belle – nous pouvons et même nous devons toutes le dire ! –, dès que je me trouvais dans un cercle parmi lequel j'avais repéré des hommes plaisants, dignes d'être séduits, et qui, je l'espérais, m'avaient eux aussi remarquée, je baissais les yeux. Comme les jeunes filles d'autrefois !

Non que ma mère ou ma gouvernante me l'eussent recommandé, nous n'en étions plus là, mais parce que j'avais le sentiment que fixer un homme droit dans les yeux constituerait une avance. Une provocation, un appel du style « Suivez-moi, jeune homme ! » Quoique je pusse désirer de cet homme, mieux valait, pour la suite de nos rapports, que ce fût lui qui lançât le signal le premier. Déjà par les yeux...

Car nous savons toutes que lorsqu'un homme nous dévisage longuement, d'une façon insistante, fût-il jusqu'alors un parfait inconnu, c'est qu'il va finir d'une manière ou d'une autre par nous entreprendre.

Si, par hasard, il ne nous plaît pas, mais alors pas du tout, autant ne lui avoir jamais rendu un regard, et même avoir évité que le nôtre – si brillant, si bien maquillé – se soit une seconde attardé sur lui. Pas d'équivoque !

Maintenant, pour ce qui me concerne, tout est changé !

C'est par le regard que j'aborde désormais les hommes ! Pour, en quelque sorte, tel le serpent, les hypnotiser. Afin qu'ils n'aient pas le loisir ni la possibilité de regarder autour, c'est-à-dire de poser leurs yeux sur ce qui ne me plaît plus vraiment en moi – et aussi pour leur signifier : « Quelqu'un est là, en face de vous, qui pense, réfléchit, qui a un passé intéressant, lequel vaut la peine d'être connu... En plus – et n'est-ce pas infiniment précieux ? – qui s'intéresse à vous ! Par ailleurs, c'est une femme... »

Quelque intensité que vous mettiez à cette attaque visuelle, l'homme en question ne va pas, en guise de réponse, vous sauter dessus – sur ce plan, le « certain âge » est relativement en sécurité –, mais c'est fait, il vous a vue, cadrée, il va vous prendre en considération. Toute femme que vous soyez.

Vous allez me dire que les minettes d'aujourd'hui en font tout autant, qu'elles ont même le « rentre dedans » sans pudeur, parfois même sans limite : elles y vont non seulement du regard, mais du décolleté, du nombril, des cuisses, des reins et parfois même des mains : on touche partout le monsieur qu'on entend s'approprier !

Toutefois, comme c'est la dernière mode chez les jeunes « libérées », les hommes sont habitués à de tels assauts, ils savent comment s'en protéger, se défendre, taper sur les menottes pour qu'elles lâchent prise...

En revanche, plaire à une femme comme nous, voilà qui est plus inhabituel. En quelque sorte plus flatteur, et, ma foi, plus digne d'intérêt.

Mais oui ! Si vous avez le « certain âge », essayez, osez, n'hésitez pas à vous propulser vers qui vous plaît !

Et jouissez sans complexes des résultats.

Qu'en est-il de l'amour au « certain âge » ? Là-dessus il y a unanimité de la part de tous les âges qui le précède : non, *niet*, fini, n'y allez plus, ne le faites plus, n'en parlez plus, épargnez-nous ça !

J'ai longtemps fait partie de ces horrifiés. Maintenant que j'atteins la limite fatidique après laquelle on n'aurait plus le droit – à entendre les générations précédentes – d'éprouver des désirs sexuels et de les réaliser, je m'aperçois que j'en ai toujours... Je me sens toujours un corps aimant, avide de recevoir des caresses et d'en donner. Et capable de le faire.

Qu'en conclure ? Qui écouter ? Mon désir ou celui d'autrui ?

Toutefois, il faut le reconnaître, le désir d'amour physique que peut ressentir le « certain âge » – lorsqu'il est femme et, j'imagine, aussi lorsqu'il est homme – est assorti d'un bémol : comment se trouver un partenaire ? ou plutôt : qui vouloir ? qui accepter ?

Pour des raisons qui tiennent à l'espèce, c'est-à-dire à l'instinct de reproduction, on a « envie » d'un être jeune, de quelqu'un qui peut être un bon géniteur.

Ainsi, je viens d'entendre à la radio qu'à partir de trente ans, un homme risque davantage qu'un plus jeune d'enfanter des schizophrènes... C'est la science qui l'affirme, mais se pourrait-il qu'on le sache aussi au fond de soi ? dans son cerveau le plus reptilien ?

Le fait est que les hommes – je ne vous apprends rien – ont vite tendance, pour leur part, à préférer les jeunes femmes aux femmes mûres. Ne parlons pas des « certain âge », comme exclues d'avance ! Et plus ils avancent dans le temps, plus leur désir les porte vers les toutes jeunes – limite pédophilie ! Si vous leur demandez pourquoi, ils sauront d'autant moins l'expliquer qu'ils reconnaissent s'ennuyer avec les « fillettes », n'avoir ni l'envie ni la force de suivre leur rythme, trouvent qu'elles manquent de conversation, de culture et même de tolérance à leur égard. Elles ne voient en eux qu'un *richdaddy*, comme le chantait Marilyn Monroe, qu'elles sont vite prêtes à troquer – ou plutôt à doubler – par un amant de leur âge.

Il en va de même pour nous autres femmes : haro sur les vieux !

Je me souviens de ma tante, devenue veuve, nous disant : « Fini, pour moi, les hommes, je ne peux espérer qu'en trouver un de mon âge, or je n'ai aucune envie de me transformer en infirmière ! » Elle s'en est prudemment gardée ; son dernier « bon ami » était homosexuel et est mort avant elle.

Chanel était encore plus crue : « Un homme de mon âge ? Pouah ! Un jeune homme ? Quelle honte ! »

La question que je me pose aujourd'hui, c'est : « Ont-elles eu raison ? » Plus exactement, qu'est-ce qui parle à ce moment-là : la société, l'instinct, la peur du qu'en-dira-t-on ?

Car la réalité – le plus souvent dissimulée – les dément : bien des hommes et des femmes âgés, et même très âgés – j'en ai eu des exemples autour de moi – s'adorent, et pas seulement moralement. Physiquement.

Pourquoi pas ? Où est le mal ?

Nous savons tous que notre vieille chère maman ou notre adorable vieux papa ne nous « dégoûtent » pas. Nous aimons caresser leurs mains, leurs joues, les aider éventuellement à faire leur toilette. On me dira : « Oui, mais ça n'ira pas plus loin... »

Soit. Parce que ce sont nos parents et que nous répugnons – Dieu merci – à l'inceste. Mais si l'on se trouve face à quelqu'un qu'on a le droit d'aimer d'amour, alors plus rien n'interdit l'union charnelle, l'étreinte, et d'y prendre plaisir. Selon sa mesure, laquelle peut se révéler différente d'un individu ou d'un couple à l'autre, mais qui existe pour tous.

Reste – et moi-même je conserve encore ces préjugés-là – qu'on n'a nulle envie de voir deux « certain âge » se bécoter sur les bancs publics. Ni même à l'écran, dans ces pubs pour vieux triomphants que cherche à nous faire ingurgiter la télévision. Non, les vieillards qui s'embrassent à pleine bouche, à pleins dentiers, on n'aime pas !

Pourquoi ? Je suis convaincue que c'est génétique, atavique : quelque chose en nous de puissant, d'incontrôlable, repousse la vision d'une union d'où n'arrivera à sortir aucun bel enfant ! Ce doit être la même pulsion

– ou répulsion – qui met la plupart d'entre nous mal à l'aise à voir s'embrasser deux garçons ou deux filles, fussent-ils jeunes et beaux. Puisque point d'enfant possible à l'horizon, cachez vos stériles étreintes...

Est-ce figé, sans espoir ? Ou parviendrons-nous à changer de regard sur le « certain âge » de l'amour ? L'amour qu'on ne fait que pour l'amour – celui de son corps et celui de l'autre...

Car là est la vraie beauté, la seule intemporelle.

Quand je m'endormais, enfant, quelle confiance émerveillée était la mienne ! Il me semblait que ma vie s'étendait à l'infini, qu'elle ne pouvait qu'être immense. Comme l'amour que me portaient mes parents.

Cette conviction d'avoir devant soi un espace-temps sans limite s'étiole avec le « certain âge » : soudain – ou peu à peu – l'horizon vous apparaît borné. Malgré soi, on s'entend utiliser des expressions toutes faites telles que : « Quand je serai morte... », ou plus civilement : « Quand je ne serai plus là... » On ajoute « Vous ferez ci, vous ferez ça... Tel ou tel de mes biens vous reviendra... »

Au début, on s'attend – ce qui se produit – à ce que l'interlocuteur, choqué, vous réponde : « Mais pourquoi parles-tu de ça ? Il n'est pas question que tu meures, tu es en pleine jeunesse, en excellente santé... »

De quoi se sentir requinqué pour un moment !

Mais, à mesure qu'on progresse dans le « certain âge », les protestations se font plus faibles, énoncées sur un ton moins convaincu qui cherche surtout à être consolant ; leur formulation change : « Je n'aime pas qu'on cause de la mort... Je déteste l'idée d'héritage... Parlons d'autre chose... »

Ce refus têtu d'envisager votre éventuelle disparition, au lieu de vous rassurer, achève de vous inquiéter : c'est comme s'il était acquis, aux yeux de vos proches, que vous êtes forcément sur le départ et qu'il convient de le nier et même de vous le cacher.

À partir de là, vous êtes mûre pour les bilans. C'est qu'il n'y a pas que les gens qu'on va devoir laisser sur le quai, il y a aussi les choses !

Quelles ne furent pas ma surprise et ma désolation le jour où je pris conscience que mes bijoux, lesquels me semblaient faire partie de ma personne, allaient me survivre ! À qui iront-ils, les traîtres ? Qui les prendra, les subtilisera ? À moins que je ne les donne avant terme... ?

Et de se fabriquer tout un scénario, à imaginer à qui devrait revenir ci ou ça de ce qu'on a parfois tant aimé, collectionné, chouchouté !

N'est-il pas généreux, indispensable de chercher à assurer un bon avenir à nos compagnons les objets – comme au chien et au chat –, puisqu'on ne peut pas les emmener avec soi ? À force de rêvasser, on finit par conclure : « Il serait peut-être temps que je rédige mon testament et prépare mes legs ; cela n'engage à rien... »

Au début, il ne s'agit là que d'une rêverie mélancolique mais aussi divertissante – au sens premier du mot « divertir », se changer les idées : prendre des décisions *post-mortem*, c'est encore être dans la vie et s'y amuser, n'est-ce pas ?

On se complaît à faire le compte – quoique certains s'y refusent absolument – de ce qu'on a accumulé et qu'on devra abandonner : vêtements, colifichets, bibelots, livres, papiers, œuvres d'art, vaisselle, collection de ci ou de ça, sans compter les meubles, éventuellement les immeubles... Ne parlons pas de l'argent : il ne servira qu'à régler le fisc.

Peu à peu, le tableau s'assombrit : et si je deviens impotente, grabataire, si je ne peux plus monter les escaliers, pourra-t-on installer un ascenseur, un fauteuil électrique le long de la rampe ? Si je me retrouve aveugle, aphasique... ?

On finit par s'affubler de tous les maux de la terre, les curables et les incurables, comme si les prévoir revenait à s'en prémunir. Ce que recommande d'ailleurs la publicité des compagnies d'assurances : préparer son décès et ses obsèques, c'est vivre plus pleinement !

Soudain, l'on cesse d'y faire allusion. À quoi ? Mais à la mort... Mieux vaut ne pas prononcer son nom, car l'évoquer peut revenir à l'appeler alors qu'elle ne regarde pas dans notre direction, occupée qu'elle est avec nos copines, nos proches, nos contemporains et contemporaines... Et de se mettre à évaluer pour chacun leurs chances de survie.

De survie à qui, à quoi ? Mais à soi !

L'on rêvasse alors à ce que serait sa propre existence sans Untel ou Unetelle... Tristesse ou bon débarras ? Oh, la vilaine, tu ne devrais pas penser ça, le Bon Dieu te punira, tu risques de mourir la première... !

Devenant superstitieux, le « certain âge » – osez prétendre le contraire – marchande perpétuellement avec la mort : « Si je te donne ces deux-là, tu pourras bien me laisser celui-ci ? »

Tractations à la fois tragiques et extrêmement rigolotes : tout le cynisme de l'espèce humaine s'y donne libre cours. Puisque de toute façon « on n'y peut rien », autant s'inventer un petit théâtre de marionnettes... Celui-là au trou, comme chez Guignol... Et puis non, on le fait revenir, et on en renvoie un autre à sa place...

Tout ce temps-là, saison après saison, année après année, à travers jeux d'ombre et constatations, la réalité s'impose : tout le monde finit par mourir !

Test : à partir de quel moment avez-vous commencé à jeter un coup d'œil sur les chroniques nécrologiques, puis à les éplucher ligne à ligne ? Un tic qui ne trompe pas pour savoir où l'on en est par rapport à sa classe d'âge.

Passé quatre-vingt-dix ans, mon père, assis à son bureau, s'astreignait tous les matins à ce comptage. Quand je venais lui demander ce qu'il voulait que je lui rapporte de mes courses ou du marché, il me considérait parfois d'un œil vide :

« Untel est mort, c'est dans le journal. Je n'arrête pas de perdre mes connaissances, ça me rend bien triste...

– Mon papa, il faut que tu choisisses : ou c'est toi, ou c'est eux ! Lorsqu'on vit longtemps, il est inévitable que cela se dépeuple autour de soi. Mais je suis là, moi, et tu as aussi les tout jeunes... Et tes plaisirs... Tiens, je vais te ramener un crabe vivant, comme tu les aimes, on te le fera cuire pour le déjeuner... »

Aujourd'hui, n'ayant pas eu d'enfants, lorsque je m'attriste de la mort de quelqu'un, je n'ai personne pour me rappeler que mon chagrin est l'indice indiscutable et consolant que je suis encore vivante. Je n'ai que moi pour me réjouir du fait, tout en notant dans le silence et en secret ce qui a changé dans mon esprit et dans mon comportement depuis que j'ai tout à fait pris conscience que le temps qui me reste n'est pas illimité, que ma vie n'est plus, comme autrefois, bornéc par aucun horizon !

Le plus grand changement dû à mon nouvel état, c'est en effet le rapport au temps.

Il n'y a pas si longtemps, croyant ma réserve d'existence inépuisable ou presque, il m'arrivait de faire des projets à longue échéance. Maintenant, je ne me le permets plus, ou à peine : « Serai-je encore là l'année prochaine ? » me dis-je *in petto* quand quelqu'un me propose d'aller en thalasso à Quiberon ou fouler la neige de Megève l'année suivante. Ou même quand je prévois une signature de livres en province... Jusque-là, je ne doutais pas que je saurais respecter mes engagements professionnels, mais à présent, je n'en suis plus aussi sûre : j'aurai peut-être pris mes cliques et mes claques à la date prévue par les organisateurs, ou je puis être empêchée par la maladie.

Aussi me suis-je promis d'être moins stricte quand, après avoir participé à une Fête du Livre en dépit d'un début de grippe, je me suis retrouvée – le mal empirant de ne pas avoir été pris en compte – incapable pour deux mois... Le « certain âge » ne guérit plus aussi vite ni aussi facilement qu'avant.

Mais c'est également en d'autres domaines que je ne raisonne et n'agit plus comme autrefois : les achats, par exemple ! Longtemps j'ai collectionné les vases de toute valeur, achetés dans des brocantes, chez des antiquaires, sur le trottoir d'un vide-greniers... De même que les statuettes de chiens assis en bronze, porcelaine, bois, plastique, etc. Maintenant, même si l'objet m'attire, je me dis : « À quoi bon, tu en possèdes bien assez comme ça ! Qui sait si tu auras la possibilité d'en jouir longtemps... »

De même pour les vêtements : grâce à la mode *vintage*, je ressors mes vieilles (et magnifiques) nippes, d'abord pour les aérer, leur faire plaisir, mais aussi parce que je me fiche un peu de ce que je porte... Pas totalement, bien sûr, on se doit d'être agréable à autrui comme à soi-même, mais la mode – coller à la minute présente – ne m'excite plus. Je suis « hors temps », comme ces voitures de collection qui se mettent d'autant plus à plaire qu'elles rappellent des époques révolues... Mes vieilles vestes Chanel, mon manteau Cardin évoquent à eux seuls ma « belle époque », les « Trente Glorieuses », si loin du débraillé d'aujourd'hui...

Non que je critique la façon de s'affubler des adolescents (ici l'expression « s'habiller » n'est pas méritée), car la jeunesse a besoin de coller à l'actualité pour l'exprimer, parfois aussi la vomir... C'est merveilleux de voir avec quelle astuce leur vêture parvient à évoquer la mondialisation, la précarité, le nomadisme, les sans-logis, l'art abstrait, comme autant de parures « sauvages » ! À travers leurs coiffures et leurs fringues décolorées, maculées, trouées, tatouées, graffitées, superposées – tout ce qui aurait horrifié ma mère et qui, moi, m'instruit –, nos « petits » se rebiffent, se rebellent, nous accusent, nous incitent à nous interroger sur leur vécu plus qu'à ricaner de leurs élucubrations vestimentaires.

Eux me jettent des coups d'œil par en dessous quand je sors mes perles et mes rogatons de fourrure : « Hé oui, je date, et de ce fait même je vous fais rêver sur ce qui a été, sur ce qui n'est plus, qui ne sera plus jamais – moi compris ! »

Parfois, je leur donne de mon accumulé et je m'amuse de ce que devient un chiffon haute couture absorbé par le reste de leur garde-robe : il change de sens, reprend aplomb et couleurs, trouve un emploi dans ce grand déploiement d'« autre chose » qui révèle que nous entrons dans un autre monde.

Lequel n'est plus le mien ? Mais si, puisque j'y suis ! J'y ai ma place, mon rôle ; le tout de savoir quel il est.

Au « certain âge », il est plus facile de se situer quand les autres font appel à vous. Je vois mes copines, elles sont comme moi, ravies de dire « oui » lorsqu'on leur fait signe : ce n'est pas Line Renaud qui court après la télé, c'est la télé qui court après elle. Pareil pour Claude Sarraute. Ma géniale Sonia a parfois envie d'en faire moins, mais le monde de la mode, ses magazines, ses caméras sont suspendus à ses jupes : « Invente pour nous, s'il te plaît, encore et encore ! »

Moi, sans bien m'en rendre compte au début, j'ai créé des maisons que j'appelle maintenant des « lieux de vie ». Des endroits où, en toute saison, surtout l'été, des jeunes de mon entourage viennent se ressourcer, se retrouver, s'entr'aimer. Je leur dis : « Prenez les clés, allez-y quand vous voudrez ! » On me répond : « On n'ira chez toi que si tu es là. On préfère... »

Afin que je fasse le majordome, la gouvernante, tôt levée pour courir au marché, veiller aux poubelles, au lave-vaisselle, servir le petit déjeuner ? Et pourquoi pas ? Ce sont eux qui m'assignent un rôle – je ne l'aurais pas découvert toute seule ; ils me « veulent » régentant la maison, certes, mais à table parmi eux, les écoutant mais aussi leur racontant. Je suis leur lien entre passé et présent. Quelle attention ils me prêtent dès que je dis ci ou ça (quand j'étais plus jeune, on ne m'écoutait guère !), je n'en reviens pas !

Pour ma part, je ne me suis pas comportée jadis aussi courtoisement avec mes « vieux » ; je manquais de patience et d'attention à ce qui me paraissait – qui était peut-être – des ratiocinations sur « combien c'était mieux avant ».

Quand on dit qu'il n'y a pas de progrès, on se trompe, il y en a au moins sur un point : nos jeunes sont beaucoup plus ouverts au déploiement de l'espace-temps que nous ne l'étions. Ils tiennent mieux compte de la vastitude du monde qui les entoure et de celle des générations qui les précèdent, c'est un changement capital dont je bénéficie, à mon enchantement et dans le regret de ne pas en avoir fait autant avec mes « vieux » quand j'avais cet âge.

Serait-ce qu'à force de perdre de sa superbe et de son chauvinisme, notre société aurait gagné en ouverture ? Il est meilleur d'être vieux aujourd'hui qu'autrefois – enfin, pas pour tout le monde, ni dans toutes les sociétés, mais pour certains d'entre nous qui ont la chance d'être choisi pour « phares » ! Ou pour « amers », comme disait le poète Saint-John Perse.

J'espère que ce mouvement « rétro » va se poursuivre et que le « certain âge » deviendra pour tous une période parmi les plus florissantes de leur vie.

L'a-t-on remarqué : tous les avares, en tout cas ceux que met en scène la littérature, sont « vieux ». Tant qu'on est jeune, on n'éprouve ni le besoin ni l'envie de se crisper sur son argent, et on se moque de ceux qu'atteint ce ridicule. On les dépeint avec des doigts crochus, un nez de même – au vrai, le nez s'allonge avec l'âge, et les doigts se déforment. On se jure qu'on ne sera jamais ainsi, c'est trop « laid ».

Or, de même que le corps change, il est quasi inévitable que le rapport à l'argent se transforme – parfois du tout au tout – à mesure que les faiblesses dues à l'âge engendrent la peur de manquer.

Certes, il existe des jeunes précocement inquiets de leurs sous, veillant étroitement à leurs dépenses, manquant très tôt de « largesse », de générosité. Ceux-là, parfois tôt blessés dans la vic, n'ont confiance ni dans l'avenir, ni dans autrui, ni dans leurs propres forces.

Mais, à partir du « certain âge », même si on était jusque-là très dépensier, on constate à sa propre surprise qu'on le devient moins. Jusqu'à en arriver à se mettre à compter.

Moi qui ne me fiais qu'à mon intuition pour évaluer à quelque chose près mes ressources et mes disponibilités, je vérifie désormais les chiffres de mes relevés bancaires. Les termes de mes contrats. Je veille à éteindre l'électricité dans les pièces où je ne suis pas, ce que je jugeais la risible manie des personnes âgées, de ces gens qui s'abrutissent à compter plutôt qu'à vivre. Et voilà que je commence à en faire autant ! Où donc est passée ma désinvolture ?

Il est certain que, pour tous, le coût de la vie augmente, de même que les taxes et impôts en tout genre, alors que les revenus, nous semble-t-il, auraient plutôt tendance à stagner, voire à diminuer. Mais il n'y a pas que la raison et la nécessité pour rendre économe et pousser à « faire attention » : il y a l'angoisse de manquer !

Cet effroi, justifié, survient avec l'affaiblissement physique et mental : soudain, on n'est plus très sûr de ce qui apparaissait autrefois comme une évidence : qu'on aurait toujours la force et les capacités de se « retourner », si besoin était, de changer de métier, d'activité, en somme de gagner de l'argent d'une manière ou d'une autre.

Éventuellement de s'en passer.

Soudain ce n'est plus le cas : en premier lieu, il est notoire que les « vieux » (dès cinquante ans) retrouvent rarement du travail. Par ailleurs, avec les handicaps qui peu à peu vous grignotent, vous ne vous en sentez plus pour endurer le froid, aller à pied, coucher à la belle étoile, manger dans des bouis-bouis, vous passer d'aide ménagère.

Tous les supports du « certain âge » – tels que prothèses, ascenseur, portable, télévision, masseur, climatisation – s'imposent comme nécessaires, désirables et même indispensables. C'est pourquoi le porte-monnaie se referme comme une huître : il faut se garder de quoi !

De plus – et c'est le second volet de votre nouveau rapport à l'argent –, en famille, dans votre groupe, vous êtes très souvent l'aîné, le doyen. Et vos cadets, quel que soit leur âge, s'attendent tout naturellement à ce que vous soyez le payeur. C'est devenu votre rôle, votre statut, même si leurs revenus sont supérieurs aux vôtres ! Au restaurant, au café, au cinéma, s'il s'agit d'acheter un journal, un gadget, un ticket de péage, de transport, de donner un pourboire, de sortir de la monnaie pour l'appoint, c'est à vous d'« assurer ». Et ils restent là, plantés à l'écart de la caisse, à attendre que vous ayez le geste – et vous le faites, bien entendu. Par fierté, mais aussi pour ne pas jeter le trouble, gâcher les bons moments qu'on passe ensemble, même si une petite voix vous susurre : « C'est bien joli, tout ça, mais comment comptes-tu terminer le mois ? »

On se rassérène : « Je vais économiser sur autre chose, renoncer à telle ou telle dépense, mais il est impossible, face à ces jeunes, que je paraisse faire preuve de ladrerie ! » Ils manifestent une telle confiance dans votre pouvoir d'achat alors qu'eux-mêmes (les moins âgés) en ont si peu, par ailleurs, dans la vie qui se propose à eux !

D'autant qu'après tout cela me fait du bien, à moi, de les entretenir, quand je peux : c'est mon plaisir et mon privilège de leur offrir un peu de sécurité, de les « materner ». J'aimerais pouvoir payer infiniment plus, infiniment mieux pour ces petits – ils ont parfois plus de quarante ans ! – qui me lancent le regard qu'ils destinaient autrefois au père Noël : « On peut compter sur toi, n'est-ce pas ? Tu seras toujours là pour nous aider ? – Bien sûr, mes chéris, pas de problème ! »

Et c'est à leur intention que je deviens « avare », que j'oublie ma légèreté passée, réduis le chauffage, éteins l'électricité, choisis le produit le moins cher, roule au diesel, m'achète moins de fringues, prends mes cosmétiques à la pharmacie, ne lis plus des flopées de magazines, fais plus souvent le ménage moi-même, ne vais dans les endroits de luxe qu'invitée (invitante seulement quand il s'agit d'eux), afin de tâcher de rester « riche » pour eux, mes enfants, mes cadets, jusqu'au bout et au bas de l'addition !

Une autre particularité du « certain âge » concerne moins l'argent que le rapport qu'on entretient avec ses biens propres : vous n'avez guère envie de donner ce qui vous appartient, du moins de votre vivant ! Qu'il s'agisse de meubles, tableaux, bijoux, vêtements, fourrures, bibelots, même si vous ne vous en servez pas, ne les portez ou ne les porterez plus, ne les utilisez jamais, vous avez du mal à vous en séparer par anticipation.

J'avais remarqué cette tendance « regardante » chez mes proches âgés, et je m'en affectais : « Quand même, il (ou elle) n'en a plus rien à faire, autant qu'il m'en fasse cadeau dès maintenant où cela me fait vraiment plaisir, au lieu d'attendre l'héritage... »

En vérité, si vous continuez à vous agripper à vos possessions, à ces tableaux que vous avez choisis, à ces vases, ces colliers ou bagues qu'on vous a offerts, à ces robes dans lesquelles vous n'entrez plus, c'est par amour. En souvenir des bons, des grands moments qu'ils évoquent pour vous, en relation avec la personne que vous étiez ou avec celles que vous aimiez alors : tant que les objets sont encore là c'est comme si presque rien n'avait changé en vous, autour de vous. Comme on dit : la vie continue...

Mais si les objets partent avant vous pour aller mener leur vie ailleurs, un grand froid vous envahit : serait-ce celui de la fin ? D'autant que vous n'avez ni les moyens ni l'envie de remplacer vos possessions par de plus neuves ; c'est elles, pour vous, désormais, ou plus rien...

Il y a quand même des choses que j'ai plaisir à donner dès à présent aux êtres que j'aime, quand je présume que je pourrai continuer à les voir et qu'elles seront en bonnes mains, protégées.

Car j'ai fort souci de leur avenir, à ces pauvres choses – comme à celui de la planète ; mais là, je me sens bien impuissante contre son dépeuplement animal, végétal, et son réchauffement meurtrier –, ce qui fait qu'il m'arrive même d'avoir envie de tout donner dès maintenant. Pour ne plus avoir à m'en soucier !

Je me retiens : attention, c'est encore trop tôt, tu risques de te sentir nue, vulnérable, sans ton cocon familier, tes « étais ». C'est qu'à partir du « certain âge », les choses qui vous entourent jouent un rôle de soutiens, d'arcs-boutants du squelette qui se fragilise.

On s'est rendu compte qu'il était important pour les vieilles personnes dépêchées en maison de retraite de rester, si possible, entourées de leurs meubles – à moins qu'elles ne dédaignent toute possession matérielle, comme les religieuses –, et, à vrai dire, nous en sommes tous là ! Nous nous accrochons à notre environnement, chien et chat compris, d'une façon de plus en plus affective.

Même ceux qui vivent leur grand âge dans un univers mental rétréci affectionnent encore un médaillon, une montre, des photos, un cadre... Les leur retirer, c'est les précipiter dans la mort comme on jette dans le chagrin un enfant à qui l'on confisque son « doudou ».

Les dernières possessions des vieux leur font-elles office de « doudou » ? Il n'y a pas de honte à cela ; renonçons à cette idée de honte : nous sommes ainsi faits, de tendresse et d'enfantillage. Et c'est d'un amour véritable que les vieux avares chérissent leur « chère cassette »... Génial Molière : quoique mort jeune, il connaissait à fond la nature humaine, dont la grande vieillesse, ses vices compris !

Cette fille, ce garçon que j'ai connus enfants ou adolescents, une fois parvenus à l'âge adulte me livrent comme un secret : « Tu sais, ce que tu m'avais dit autrefois, ça m'a marqué ! Je me le suis toujours rappelé ! D'ailleurs, tes mots continuent de m'accompagner... » Et de me citer telle ou telle phrase concernant la vie, le destin, ou eux-mêmes, ce qu'il me semblait entrevoir alors de leurs capacités, de leur avenir... Pour mon compte, j'ai oublié ! On dit tant de choses ! Heureusement, la mémoire vous fait cette faveur : elle ne retient pas l'entier de ce que chacun énonce tout au long de sa vie. Vous imaginez, sinon, les montagnes de vérités, mensonges, inepties, absurdités, jugements péremptoires, déclarations passionnées, serments, messages inspirés, professions de foi, bavardages, méchancetés, sublimités, sentences en tout genre, sortis un jour ou l'autre de votre bouche et qui vous encombreraient les méninges, s'ils y restaient collés ? On croulerait sous le fatras de ses propres discours, plus décoré de ses dits qu'un arbre de Noël de ses guirlandes... Grâce au Ciel, le cerveau est doté d'un mécanisme spécial sans cesse préposé au nettoyage, en quelque sorte à la remise à neuf du conscient. (Pour l'inconscient c'est une autre histoire, il s'obstine à stocker tout ce qui survient, jusqu'à sa fossilisation.)

Oubli ou pas, à force de déblatérer sur n'importe quel sujet, on risque d'avoir impressionné et influencé pas mal de plus jeunes autour de soi. Des « débutants » dans le grand cirque de la vie... L'âge venant, on en prend conscience et on fait plus attention. Quand un jeune me regarde, même s'il ne dit pas un mot, je sais qu'il attend quelque chose de moi. Sous la forme d'un jugement, d'un avertissement ou d'une mise au point. Sa confiance me touche, me donne une responsabilité dans sa vie que je tente d'assumer de mon mieux. Je m'applique alors à définir le plus clairement possible, à son intention, ce que je pense au moment présent, à exprimer au plus juste mon ressenti dans ce qu'il a de plus actuel.

Certes, avec l'âge, on change d'opinion sur bien des points, si ce n'est sur tous, et parler aux jeunes ou devant eux consiste à faire un va-et-vient entre ce qu'on était, voulait, croyait autrefois, et ce qu'il en est pour soi désormais. Toutefois, je ne crois pas les égarer en leur déclarant que la vie est faite de tranches, et en leur conseillant de vivre chacune avec une intensité telle que, plus tard, ils n'aient ni envie ni besoin de revenir en arrière. Le passé aura été vécu et bien vécu ! Ils auront suffisamment dansé, flirté, voyagé, couru, consommé, gaspillé, rêvé ; il sera temps pour eux, comme ce le fut pour moi, de passer à une autre tranche. Qu'ils auront intérêt à vivre de même : à fond.

Selon leur choix, ce sera la construction, la création, l'installation, les enfants, n'importe quelle autre activité (ou le refus d'agir), sollicitant cette énergie de la maturité dont ils disposent encore.

Plus tard – j'en suis là –, on entre dans la tranche du retrait, de la méditation, des vendanges tardives, du retour sur ce que la vie vous a enseigné, de ce qu'on a su en retenir. (Dans le bien comme dans le mal.)

C'est la grande époque de la maîtrise pour ceux qui se sont servis de chaque étape pour enrichir leur être et leur savoir. Dans cette phase ultime, le coup de pinceau du peintre, le coup d'archet du musicien, le geste de l'ébéniste, du sculpteur, le jeu du comédien, le message de l'homme politique ou du religieux atteignent à leur meilleur, parfois à l'absolue perfection.

Il en va de même pour les sentiments : si vous avez su aimer, quand vient l'âge vous aimerez encore mieux, dans une générosité, une oblativité plus grandes, conscients que le temps pour être ensemble se raccourcit, dans la joie qui s'intensifie de faire partie des vivants.

Un tel message porte, qu'on le fasse passer par les mots ou qu'on le démontre en actes.

Cette transmission a lieu dans toutes les cultures : sinon, elles meurent. C'est le rôle capital qui incombe à l'âge – s'il l'accepte – que d'apporter aux plus jeunes du vrai et du réconfortant. Chacun n'a-t-il pas l'exemple, autour de soi, d'une personne qui a su le remplir à merveille ? Cela a pu être une grand-mère, un grand-père, un grand-oncle, une tante, un vieux maître, un auteur... Pour moi, ce fut mon père. Que de paroles de lui, égrenées au fil des jours, me sont – pour d'autres aussi – comme des fondations que rien ne saurait ébranler : « J'ai tout connu et son contraire... » ; « Sans amis, on n'est rien du tout... » ; « À quoi bon avoir une femme (ou un compagnon) si ça n'est pas pour dormir avec ? » Sans compter ses drôleries revigorantes : « Un père est un banquier donné par la nature... » Ou : « Deux femmes sous un même toit, ça ne peut pas gazer ! »

Ma mère, quant à elle, s'en tenait au basique : « Le véritable amour, c'est l'amour pour ses enfants », assorti de ce codicille : « Rien n'est pire que perdre un enfant. »

De telles déclarations, lancées le plus souvent sans à-propos, semblaient condamner les éphémères passions dont, à l'époque, je faisais mon quotidien, et m'agaçaient. La coupe bue, j'éprouve à quel point ma mère était dans la raison naturelle. Mon père aussi.

Car j'ai tout retenu, même lorsque je faisais mine de me boucher les oreilles. Et si les jeunes ne semblent pas écouter, encore moins approuver, ils laissent les paroles des « vieux », dont il leur arrive de se moquer, faire leur chemin jusqu'au plus profond d'eux-mêmes, là où elles attendent, la saison venue, de germer et de porter leurs fruits.

Que d'adultes en conviennent sur le tard : « Mon père m'a dit... Ma mère m'a dit... Je ne voulais pas les croire, à l'époque ; pourtant, comme ils avaient raison ! Comme ils voyaient juste ! »

Mensonge pour l'âge tendre, vérité au-delà...

Sur la fin de sa vie, Françoise Dolto s'inquiétait : « Je me demande si j'ai assez formé de gens. »

Pour ma part, j'ai envie de dire : « Ai-je assez donné aux autres de ce qui, à chaque étape, fut *ma* vérité ? Et mon amour. »

Après tout, c'est quoi, le vieillissement ? ça se présente comment ?

Jusqu'à présent, on n'en sait trop rien. Même les savants pataugent : « Votre façon de vieillir est inscrite dans votre patrimoine génétique », disent-ils pour vous faire taire et dissimuler leur impuissance.

Ce qui fait que la « vieillardise » reste encore un sujet tabou. (Ce sont d'ailleurs ces sujets qu'on censure qui m'ont le plus attirée et fait écrire : le sexe, la solitude, la stérilité, la jalousie, le sida...) Par civilité, trouille, ignorance, on ne l'évoque qu'à mi-mots, ou pas du tout.

Comme on fait pour la mort, mais avec moins de respect, plus de dédain, de dérision pour cacher sa véritable pensée !

Les magazines, les féminins comme les autres, ne fournissent pas de véritables informations sur le plan scientifique, sauf – cela revient à nier le phénomène – en vous vantant toutes sortes de méthodes et de produits « anti-âge ». Lesquels s'adressent à l'apparence en ne touchant à l'essentiel – l'invalidité croissante – que sur la pointe des mots.

En s'abstenant lâchement d'énumérer les risques et dégradations inéluctables que comporte le vieillissement – notion trop anticommerciale à une époque où c'est l'image de la jeunesse qui fait vendre. Nos pimpantes et si bavardes conseillères restent muettes sur l'implacable chute dans le « certain âge » et ses au-delà. (Lisez Simone de Beauvoir l'intrépide, si vous voulez tous les horrifiants détails...) Ce qui fait qu'un esprit curieux, inquiet – on peut l'avoir très tôt – en est réduit à se constituer son savoir tout seul.

D'abord, en observant le panel des humains qui l'entourent. Sur le vif, en famille, au bureau, dans la rue, aussi en images : en scrutant certains spécimens d'autres races et sociétés, et celles, plus familières, du cinéma, de la télévision. Des visages qu'on voit s'altérer prise après prise, film après film, prestation après prestation, en dépit du maquillage.

Cet apprentissage de la condition humaine s'accroît aussi en écoutant les uns et les autres se plaindre à voix plus ou moins distincte de maux plus ou moins visibles, plus ou moins constants, en tout cas invalidants et même dégradants.

Cette quête du vrai commence plus ou moins tôt selon le tempérament de chacun, optimiste ou pessimiste, patient ou impatient, lâche ou courageux. Comme tout travail anthropologique – c'en est un –, elle mène à interpréter, réfléchir, conclure, agir au besoin.

Il se trouve que l'un des instruments majeurs de la recherche scientifique, c'est la comparaison. Quand il s'agit de la personne humaine, ce qu'on étudie en premier lieu, c'est soi – pour ensuite se comparer aux autres. C'est ainsi que Freud, le grand spéléologue de l'esprit humain, a procédé pour mettre au point sa discipline psychanalytique. Il a commencé par s'observer, s'interroger, se décrire lui-même avant de passer aux autres. Par explorer ses pulsions, ses rêves, l'évolution de ses affects, de sa pensée, puis par comparer ce qu'il constatait en lui à ce qui lui semblait se passer chez autrui.

Peu ou prou scientifiques, nous faisons de même ! Observer ce qui advient chez soi puis chez les autres. Parce qu'il n'est pas d'autre moyen de se renseigner sur cette aventure qui nous concerne au plus près : la fatalité du vieillissement.

Lequel d'entre nous, même s'il semble impassible, n'a pas épié l'apparition de la première ride, du premier cheveu blanc, du premier bourrelet, du premier signe d'essoufflement, de tremblement de la voix, de la tête, des mains, chez son semblable ?

Pour comparer ces évolutions à celles qui ont lieu chez soi.

Tantôt en se réjouissant : « Pour ce qui est de moi, Dieu merci, je n'en suis pas là ! Tout compte fait, je me défends mieux. Il faut dire qu'il – ou elle – boit, fume, bouffe mal, ne se ménage pas, ne s'entretient pas, etc. »

Tantôt en se désolant : « Mais comment fait-il – ou fait-elle – pour avoir toujours cette pêche ? cette silhouette ? La peau lisse, la voix claironnante, un tel appétit de vivre, de draguer, probablement de baiser ! Alors qu'il – ou elle – est plus âgé que moi ? »

Mon médecin hausse les épaules quand je lui cause « conservation », bonne ou mauvaise, qu'il s'agisse de la mienne ou de celle de mes copines qui le consultent aussi. « Ni vous ni moi n'y pouvons rien, ce sont les gènes ! Les gènes, c'est la grande injustice : primordiale, innée, essentielle... Je vais quand même vous prescrire quelques oligo-éléments, ça aide... »

Françoise Dolto soutenait que le bébé à naître choisit ses parents. Les choisit-il aussi en fonction de leurs gènes qui feront de lui un charmant « certain âge » ou un terrifiant déchet ?

En attendant les étapes à venir, mes contemporaines et moi nous tenons mutuellement à l'œil. Quêtant recettes, adresses, écoutant ce que chacune laisse filtrer de son mode de vie. « Tiens, elle fait de la gym... de la piscine... du tai-chi... Rien du tout... » Se demandant s'il ne faudrait pas faire de même, si ce ne serait pas bon pour soi...

Hésitant un peu lorsqu'on croit avoir découvert la recette-miracle – un professeur de ci ou de ça, un nouveau masseur, une algue, une huile, une pierre énergétique, etc. –, avant de partager le nouvel élixir avec ses compagnes en chute libre vers les enfers ! Puis en fonçant généreusement pour proclamer et recommander son nouveau secret... À charge de revanche !

Parce qu'il ne faut pas croire que les femmes entre elles ne sont que jalousie et rivalité : si on exulte un bref instant en observant chez les autres d'insidieux dégâts – « Elle aussi se fripe ! » –, on n'a pas de bonheur durable à voir se détruire la beauté, le moral, la vivacité de ses sœurs d'armes. Et si on estime pouvoir faire reculer le « démon de l'âge » grâce à une découverte, on se dépêche de l'annoncer à qui en aurait besoin... On vole au secours, de même qu'on se jette à l'eau sans réfléchir si quelqu'un de cher se noie sous ses yeux ! Aider, tirer d'affaire, secourir fait partie de nos pulsions instinctives ! Il n'y a pas en nous que le goût du massacre, sinon j'aurais déjà eu à cœur de tirer ma révérence...

J'adore voir resplendir à nouveau celles avec lesquelles je partage depuis longtemps un même chemin de vie. Je le leur dis : « Ce que tu es belle, aujourd'hui, tu ne te rends pas compte ! » Je prends des photos, constitue des albums, m'attendris en les feuilletant : quel courage ont les femmes ! Elles luttent sans arrêt sur tous les fronts, et celui du « certain âge » n'est pas le moindre.

Un combat quotidien qu'elles n'hésitent pas – là aussi, il y faut du courage – à confesser. En recourant inévitablement à la comparaison, un œil sur Bardot, l'autre sur Deneuve ou Line Renaud : « Quand on a été très belle, c'est sûrement beaucoup plus dur de vieillir ! Mais moi, heureusement, je n'ai jamais été aussi bien que celles-là : j'ai donc moins à perdre ! »

Curieuse caractéristique de l'espèce humaine : avoir à regretter nous paraît souvent pire que de n'avoir jamais eu !

Cela m'arrive aussi, puisque je m'entends dire, lorsque j'apprends la tragédie qu'est la mort d'un enfant : « Cela au moins m'aura été épargné, puisque je n'en ai pas eu ! »

Or qui sait s'il ne vaut pas mieux avoir connu le

bonheur infini d'être mère, fût-il sanctionné par l'atroce chagrin de perdre plus tard son petit, que d'être restée dans les eaux mortes de la non-maternité ?

Qui sait s'il ne vaut pas mieux avoir été Diane de Poitiers, Juliette Récamier, Ava Gardner, Marlene Dietrich, Greta Garbo, lesquelles ont si fort souffert de voir le temps les gâcher, plutôt que d'avoir été un laideron tout le temps de sa vie ?

Je regarde, étudie, observe, m'émeus, m'encolère, me résigne, me fâche, puis – et c'est ainsi chaque fois que je suis touchée au plus profond – je me mets à écrire.

J'en profite pour rappeler que le progrès biologique est continu et qu'il serait bénéfique de constituer une sorte de « Téléthon » favorisant la recherche sur la maladie génétique la plus universellement répandue : le vieillissement !

Nous voulons toutes, en tous pays, en tous lieux, des gènes inoxydables !

S'il vous plaît, aidez-nous !

Même si, jour après jour, année après année, et jusqu'au bout, nous savons faire face au « certain âge » – chut ! c'est un secret –, nous ne l'aimons pas !

Le temps qu'il m'a fallu pour commencer à apprécier l'œuvre et l'écriture de Marcel Proust ! Plus encore pour prendre plaisir aux toiles non figuratives telles celles de Mondrian, de Klee, de Miró... Et les plus abstraites encore : Pollock, Klein...

Désormais, ce que ces créations évoquent d'un monde qui nous était non visible et que nous portons pourtant en nous – sinon, sa représentation ne pourrait nous émouvoir – me bouleverse. Au point que je me garde d'aller à certaines expositions, car la sensation d'une familiarité intérieure y serait trop forte, jusqu'à me faire mal.

Il en va de même pour les visages. Je me revois, petite, dans le salon bleu de ma mère, assise, muette, sur le rebord d'un trop grand fauteuil, face aux diverses personnes qu'elle recevait. Il y en avait de tous âges, des femmes, des hommes, les conversations allaient bon train, et moi, insoucieuse d'entendre, je préférais contempler.

Tout être humain est un chef-d'œuvre : à la fois celui de la nature – qui a mis des millions d'années à en modeler le prototype – et celui de la civilisation qui a affiné cette œuvre brute.

Les enfants voient plus facilement l'au-delà du visible que les grandes personnes, puis, à l'époque, je n'étais pas *focusée* sur la jeunesse, comme nous le sommes maintenant. Tout visage, quel qu'il fût, représentait pour moi une énigme que je tentais vainement de déchiffrer et qui me procurait une émotion proche de l'enchantement : comme l'humanité, dans laquelle je me sentais comme parachutée, était variée, intéressante, douce ou menaçante !

En grandissant, je suis entrée dans le monde de la compétition et de la rivalité qui font que le regard s'étrécit. Dans la forêt, un chasseur ne distingue que ses proies ; de même, à l'âge de l'amour, on ne voit plus que ses supposées rivales dans l'espoir de les égaler ou de faire mieux, dépensant le meilleur de son énergie à mille petits combats de vanité et d'envie. Afin d'exister. C'est maintenant, après la bataille, que je retrouve mon regard d'enfant – je dirais aussi : d'artiste – et que je suis en mesure d'apprécier la puissante beauté du « certain âge ».

Non que je m'en prête une : aucune femme vieillissante ne se plaît dans son miroir, elle n'est pas objective pour ce qui est d'elle, trop en colère contre le temps qui la transforme au point qu'elle ne se reconnaît pas toujours, voire ne se veut plus connaître – Diane de Poitiers, abîmée par le temps, faisait voiler tous ses miroirs qui avaient le mauvais goût d'être mieux conservés qu'elle.

Si j'apprécie de moins en moins mon image, en revanche je deviens de plus en plus capable de savourer l'infinie beauté que prennent les visages de mes contemporaines formés et déformés, parfois même mutilés, par les ravages du temps qui passe.

Cela vous étonne ? Ne vous arrive-t-il pas de tomber en admiration devant d'antiques statues, cassées en partie, rongées, presque réduites en poussière, dont on suppose les formes plus qu'on ne les identifie ? Or ce qu'il en reste – vous l'éprouvez – est prodigieux, car ce qui a disparu et que nous parvenons à reconstituer avec notre regard interne en appelle à l'au-delà. Et nous touche peut-être encore plus du fait que ce *reste* nous sollicite au nom de *ce qui n'est plus*.

Il peut en aller de même pour les visages ayant atteint le « certain âge ». Laissons de côté les hommes, bien qu'on ne puisse éviter de songer à Samuel Beckett hier, à Alain Delon aujourd'hui, dont les traits n'ont jamais été plus beaux, plus significatifs et singuliers qu'en prenant de l'âge. Restons-en à l'univers des femmes parvenues à ce « certain âge », si douloureux à vivre du fait que la société s'unit pour renier ce qui leur advient : une nouvelle, une inattendue beauté.

Regardez-les bien : ne sont-elles pas tout aussi belles – en plus vivantes – que ces œuvres d'art brisées par le temps, entamées par l'usure que nous courons admirer dans les musées ? Durcies à certains angles, adoucies à d'autres ? Lauren Bacall, Jeanne Moreau, Audrey Hepburn, Micheline Presle, Simone Signoret, Line Renaud, Sophia Loren, Barbara, tant d'autres connues ou inconnues, ou parmi vos proches...

Ce qui différencie le « certain âge » de celui de la jeunesse, c'est que les traits renforcent et accentuent leur singularité. Il arrive qu'on confonde entre elles des jolies filles, des *top models*, de jeunes actrices, de nouvelles chanteuses, lesquelles, obéissant à l'esthétique de leur époque, en sont comme masquées.

Alors que les femmes qui ont acquis de l'âge, qui ont souffert, vécu chacune à leur manière, deviennent uniques.

Nous en faisons continûment l'expérience : que ce soit à l'écran, dans la rue, le regard ne peut pas se détacher de certains visages. Ces traits qui étaient comme ébauchés dès le départ, chez la jeune fille ou la jeune femme, encore en sous-sol, montent en surface avec la maturité. Ils nous interpellent, nous racontent quelque chose. Quoi ? En tout cas, qu'il est un autre monde que celui dans lequel nous pataugeons – pour ne pas dire rampons – aujourd'hui.

Et que ce qu'il faut vouloir changer, en l'occurrence, ce n'est pas le « certain âge », en le gommant éventuellement par la chirurgie esthétique – laquelle trop souvent banalise, uniformise –, c'est notre regard.

Nous nous y exerçons afin d'apprendre à considérer, apprécier, reconnaître, aimer l'art et l'architecture modernes dans ce qu'ils offrent à nos yeux. Nous avons également entraîné notre oreille à des sons synthétiques, à une musique et à des rythmes jusque-là inouïs. Nous pouvons faire de même pour le « certain âge » afin qu'il nous manifeste sa splendeur, nous communique quelque chose de cet au-delà qui, de jour en jour, lui devient proche. Et même sensible. Mais, pour arriver à bénéficier de ce qu'il apporte, on doit, comme pour l'art nouveau, se constituer un regard neuf. Sans *a priori*.

Quels que soient notre âge, nos difficultés, nos douleurs, nos peurs et nos refus, nous avons avantage à nous perfectionner dans l'initiation à cet art – car c'en est un – qui de tous est le mieux partagé, le plus collectif : vieillir.

Le « certain âge » est à éclipses : parfois je m'éprouve comme en plein dedans, vieille à n'en plus pouvoir ! Ainsi pour courir, porter des paquets, soulever un poids, monter sur une échelle, grimper les escaliers, astiquer les parquets, toutes activités qui relèvent de l'effort physique, c'est « Ouille ! mes douleurs ! Qu'on m'assiste, qu'on m'aide, qu'on exécute à ma place !... »

À d'autres moments, vieille je ne le suis plus ! Pour ce qui est de réfléchir à mes écrits, mes projets de maison – j'en fais sans cesse –, ce qu'il convient d'entreprendre pour mes amis, les soutenir, les assister, au besoin les conseiller, je me trouve plus efficace qu'autrefois. Plus rapide pour aller au cœur des choses, n'hésitant pas à exprimer mon sentiment – qu'est-ce que je risque, à mon âge ? –, plus vite déterminée à parvenir « au bout » d'une opération, quelle qu'elle soit.

En fait, – pour l'instant – le « certain âge », j'y entre et en sors à mon gré selon les circonstances.

En y mettant même de la coquetterie et quelque

malice. Quand je ne veux rien soulever, par exemple, j'invoque « mon dos ». Face aux photographes, je réclame un contre-jour ou le plus doux de leurs éclairages : « Vous comprenez, à mon âge, j'ai besoin de camouflage... »

Ce camouflage, j'y fais également appel dans les boutiques : « Je prends une taille au-dessus de la mienne, je préfère flotter qu'être serrée ou boudinée. Pas de décolleté profond, ça ne m'avantage pas !... J'adore cette couleur fluo, mais je ne me vois pas dedans ! »

Face à une jeune et ravissante vendeuse, plus on invoque son âge et les précautions qu'il impose, plus elle se montre aimable, attentive, efficiente, presque attendrie.

Il arrive *a contrario* que je ne tienne plus compte de mon « certain âge » pour aider quelqu'un ou quelqu'une à franchir une porte – tournante ou trop lourde – pour l'assister tandis que la femme, peut-être plus jeune que moi, encombrée d'un chien qui tire sur sa laisse, tente d'ouvrir son sac à main pour payer, en extraire un ticket, un carnet d'adresses. Dans une gare, je m'offre parfois à partager le port d'un gros fourre-tout sans roulettes.

C'est qu'avertie des pièges que sont pour moi des marches imprévues, un autobus qui n'attend pas, des lunettes, des gants ou un parapluie oubliés sur un comptoir, un roller arrivant à fond la caisse, je balaie sans cesse du regard l'environnement, prête, du coup, à faire profiter mes contemporaines de ma vigilance constante et de mon sens du danger. Dans une sorte de complicité d'handicapées.

On se sourit, se remercie, c'est la goutte de tendresse dans un monde de brutes, à qui se sentira plus fort que les autres, parmi tous ces indifférents qui courent, sautent, filent sur les trottoirs et dans les couloirs comme des canards sans tête... Ils passent et repassent sans nous voir alors que nous, en revanche, les voyons très bien et les jugeons à leur aune. Avec l'envie de crier à leur dos aveugle qui s'éloigne : « Où allez-vous si vite ? Sachez-le, c'est nulle part ! »

En revanche, on ne sent plus son âge lorsqu'on se livre à la contemplation, que ce soit d'une fleur, d'un paysage, des étoiles ou d'une œuvre d'art. Beaucoup de ceux qui s'immobilisent, appuyés ou non sur une canne, pour contempler les pyramides ou le viaduc de Millau, sont des seniors. La beauté ne tient pas compte, pour se dévoiler à eux, de l'âge de ses admirateurs.

Une autre activité qui vous sort de votre branlante condition, c'est la lecture : on a à nouveau l'âge de Fabrice, du Petit Prince, de la Petite Fadette, de Gavroche, de Milady, d'Esmeralda ou de Mme Bovary. Toutefois, on ne lit plus de la même manière. Beaucoup de romans publiés d'hier me tombent des mains dès la première ligne : 1°) J'ai déjà lu ça ; 2°) Il me semble qu'au lieu de s'épancher sur papier blanc, l'auteur aurait mieux fait de dégoiser ses angoisses sur un divan. Ayant régurgité son premier lait aux oreilles d'un thérapeute payé pour l'entendre – alors que nous avons payé pour ne pas le lire ! –, peut-être pourrait-il alors s'aventurer dans ce travail d'art qu'est l'écriture ?

C'est l'un des laisser-aller d'aujourd'hui : alors qu'on tolère plutôt mal la peinture d'un barbouilleur, on admet comme un acquis social que tout le monde ait le droit de publier n'importe quoi.

Surprise : l'âge venu, on devient intolérant à ces à-peu-près, à ces ébauches de récits ou à ces approximations de la pensée issus le plus souvent de gens qui n'ont pratiquement rien lu. Et qui ne voient guère la différence – leurs éditeurs non plus, hélas ! – entre un livre et un chapelet de SMS sur fil de néant.

Le « certain âge », qui prend son temps pour accomplir bien des choses, et tolère curieusement d'entendre d'interminables bavardages, devient vite impatient pour ce qui est de la lecture : il attend qu'on lui mette sous les yeux uniquement ce qui lui apporte des informations, ou le cultive, ou le divertisse, ou lui élève le cœur et l'esprit, ou, si possible, tout cela à la fois... Le reste l'embête. Carrément.

L'information apportée peut être de tous ordres : jardinage, cuisine, sexe, santé, bricolage, ou comment organiser d'avance son héritage et ses obsèques. Mais il nous faut du « pratique ».

C'est fou, comme on développe son sens pratique avec l'âge : c'est qu'on n'a plus assez de temps pour le gaspiller. Tout ce qu'on fait devenant lourd et fatigant, on veut ne s'appliquer qu'à ce qui en vaut la peine.

Et si je range autour de moi avec soin et méthode, ce qui, hier encore, m'était bien étranger, ce n'est pas que je sois plus ordonnée, c'est pour m'épargner d'avoir à m'énerver et à tout mettre en l'air pour la moindre babiole.

Viendra peut-être le jour où je me ficherai de tout ce bazar par lequel je me retrouve cernée – vieux vêtements, vieux meubles, vieux livres, vieilles photos, vieux chiffons – et où je ne m'occuperai plus de rien, que de la prière.

Le déblaiement de mes resserres sera pour mon « après » – tant pis pour vous, mes pauvres enfants !

L'être humain qui, par nature, est un être social, doit, pour exister, se mesurer sans cesse à ses congénères. À la fois pour faire comme eux, tâcher de leur ressembler afin de ne pas se retrouver dans le vide sidéral de l'unicité totale – quel effroi ! –, mais aussi pour s'en différencier dans le but d'acquérir ce que chacun appelle sa « personnalité ».

Ce travail d'ajustement dure toute la vie, car on évolue constamment : le corps change, le rang social aussi (vers le bas ou vers le haut), et, surtout, l'âge saute un cran d'une année sur l'autre.

Comment se repérer dans cette inéluctable débâcle afin de se constituer, de garder, d'imposer à autrui une image de soi valable ? et quelle peut être la bonne ?

Les enfants n'ont qu'une idée : être plus grand que le plus petit ! Et ils s'en targuent, s'en vantent, cherchent à écraser le *minor* de leur supériorité en tout. J'ai joué férocement à faire la grande, étant l'aînée !

Adolescent, période floue, âge ingrat, on veut bénéficier des deux statuts à la fois : celui du « mineur », non condamnable pour ses actes délictueux, et celui du quasi-adulte qui a droit à tout – à l'alcool, au sexe, éventuellement à la drogue, et à la conduite automobile même sans permis !

Puis vient la période bénie de la jeunesse, en tout cas pour les filles déclarées « jolies » par une mode qui diffère selon les époques. Je suis d'un temps où il fallait avoir la poitrine discrète, la taille ultra-mince, et n'être ni trop petite, ni trop grande, ce qui devenait le cas au-delà du mètre soixante-dix. Si on avait la chance de correspondre à ces critères, d'être « canon », on en profitait à plein, on régnait, on traînait tous les désirs après soi. Ce fut mon lot, l'espace de quelques années...

Quel n'a pas été mon étonnement quand la demande masculine, si pressée qu'elle en devenait oppressante, a commencé à se raréfier ! Qu'avais-je de « moins » ? Pour moi, je me sentais plutôt mieux qu'avant : moins provocante, moins garce, moins hautaine, moins convaincue d'être supérieure... En somme, plus vraie et plus humaine ! Et voilà qu'on me recherchait moins, côté mâle ! Pourtant, je n'étais pas encore décrépite, loin de là !

Par chance, j'avais un métier qui me rendait nécessaire aux autres – critique littéraire, journaliste –, et quantité d'écrivains et d'éditeurs me sollicitaient en vue de favoriser leur « business ». De toute façon, c'est toujours par intérêt qu'on vous court après : ou il est sexuel (pour coucher !) ou social (pour se faire introduire), ou, si vous avez de quoi, pécuniaire (pour se faire entretenir...)

De fait, chacun, même chez les plus défavorisés,

possède des atouts d'un genre ou d'un autre, il est bon d'apprendre à les reconnaître et d'accepter de s'en servir. Les milliardaires philosophes se font très bien à l'idée d'être aimés pour leur argent comme certains handicapés pour leur handicap...

Mais les femmes voudraient être aimées pour elles-mêmes – or qu'est-ce que c'est que ça, « soi-même » ? Le *misérable petit tas de secrets* dont a parlé Malraux ?

Je crois que l'on n'est jamais autre chose qu'une image à laquelle les autres se piègent. Ce qui dure un temps, car lorsqu'on change d'image, ce qui vous arrive de gré ou de force, certains se « dépiègent » de vous : on ne fait plus partie de leurs fantasmes. Tandis que d'autres s'y prennent à leur tour et partent alors à l'assaut...

Ceux qui courent après Sœur Emmanuelle n'y vont pas pour ses beaux yeux, qu'elle a toujours, mais parce qu'elle a un nom qui sonne clair, une célébrité qui vous entraîne « vers le haut ». La connaître ou la fréquenter vous rapproche du Ciel et on en a tous besoin, surtout quand on vieillit.

Car c'est au « certain âge » que les choses se compliquent : comment faire pour plaire encore, et à qui ?

Qu'est-ce qu'on peut bien « représenter » aux yeux des autres ?

Tout le monde sait et dit que la plupart des hommes politiques sont entrés dans ce dur métier pour « avoir des femmes ». Et ça marche : le pouvoir est la plus puissante force d'attraction sexuelle, la beauté ne vient qu'après...

Ce qu'on oublie de considérer, c'est qu'il en va de même côté femmes. On disait autrefois qu'une duchesse avait toujours vingt ans ; aujourd'hui, c'est Madame la présidente, Madame le ministre qui ont toujours l'âge de la séduction. Et récoltent les hommages à la pelle.

Mes copines et moi-même avons l'avantage de posséder, chacune dans son secteur, quelques bribes de pouvoir, ce qui fait que nous ne sommes pas abandonnées à charrier sans aucune aide le faix de nos années.

Toutefois, c'est avec nous-mêmes que nous avons des problèmes. En tout cas, moi. Qui suis-je ? Comment dois-je me voir ? Me présenter ? En grand-mère ? Je ne suis même pas mère, ce rôle ne me convient pas... En *has-been* ? Bien qu'on ne cesse de venir me voir pour que je raconte le bon temps passé, je me sens plus dans le « coup » – quel coup, d'ailleurs ? – que nombre de plus jeunes... Si j'étais riche, ce serait plus facile : je me comporterais en pot de miel et recevrais à tour de bras dans mes palais grands ouverts, tel un Barclay au féminin, et vivent les gigolos !

Or, côté fortune, je rame, comme la plupart des artistes et créateurs à notre époque.

Me reste l'histoire que je me raconte. Et que j'écris. On a dit qu'à travers le temps, les siècles, il ne reste jamais que l'écriture. C'est vrai. Même les œuvres d'art, les monuments, qui sont une forme de discours, ont besoin de l'écriture littérale pour exister aux yeux de la postérité. Donc pour exister tout court. Même les œuvres orales de l'Antiquité ont eu besoin d'être transcrites pour perdurer : voir Homère et les Évangiles...

Depuis mes quinze ans, je m'écris. « Vous écrivez pour qui ? » me demande-t-on comme à tout écrivain ayant pignon sur rue. Mais pour moi exclusivement, pour savoir où j'en suis, qui je suis, pour me reconnaître dans ce miroir-là, puisque j'y parviens mal dans les autres. Je m'enveloppe d'une chape de mots, opaque par endroits, transparente à d'autres, qui va servir à me tenir chaud dans l'hiver de la vie qui commence.

Car si moi je change, mes livres, eux, ne changent pas. Ils restent impavides, imperméables au temps qui passe, et c'est une agréable certitude. Qu'on les trouve bons ou mauvais, suffisants ou insuffisants, ils vivent par eux-mêmes. Et ce sont eux qui font « image » entre moi et les autres : je suis celle qui a écrit ci ou ça, et c'est à ce titre qu'on me reconnaît, m'aborde, m'entoure, parfois me couve ou me courtise...

C'est un acquis.

Pour le reste, tout va et vient. Tantôt je me sens jeune parce que j'ai parcouru dix kilomètres à bicyclette, nagé un brin. Tantôt j'ai cent ans parce que j'ai mal au dos et une peau qui flotte d'être trop large pour ce qu'elle a à contenir.

D'autant qu'on en entend de toutes les couleurs, depuis le : « Vous rajeunissez chaque année ! » jusqu'au : « Vous ne devriez pas porter ça, c'est trop lourd pour vous, donnez-le-moi et attention à la marche !... »

Il y a ceux qui vous bousculent dans la rue et les magasins, et ceux qui vous ouvrent les portes et s'effacent devant vous. On ne sait trop ce que l'on préfère : si se sentir respectée du fait de l'âge est appréciable, être traitée (mal) comme quelqu'un qui aurait gardé toutes ses forces et son équilibre n'est pas toujours déplaisant !

Ce qui ressort, au fond, de ce fatras c'est que le « certain âge », comme d'ailleurs tous les âges, ne découvre ce qu'il est que dans le regard d'autrui... et le quémande.

À Ré où je vis quelques mois de l'année, j'observe le petit groupe de dames retraitées qui, au mois de juin, avant l'arrivée des vacanciers, se retrouve tous les jours sur ce que je considère comme « ma » plage. Elle sont toutes en maillot de bain, sans aucun complexe eu égard à leur corpulence ou à leurs flétrissures, et je me dis que ce qui les fait s'admettre comme *encore* montrables, c'est que l'une a des jambes musclées, l'autre un dos resté droit, la troisième une peau qui prend bien le hâle... Chacune se sent enviée pour son « plus » par le regard de ses copines, et s'en réjouit. C'est qu'à cet âge-là, son propre regard ne suffit pas, ne suffit plus...

C'est bien ce qu'il y a de pire avec ce grand « à vau-l'eau » qu'est l'âge, c'est qu'on devient insuffisant pour ce qui est de s'estimer soi-même : suis-je encore présentable – ou plus du tout ?...

Même si, dans ce temps aux limites de plus en plus

floues qui nous échoit, il y a *encore* de quoi vivre. Ce qu'on prouve chaque jour – en vivant !

Quelqu'un a eu la drôlerie de dire que chez une laide, la beauté somnole. Dans le « certain âge », c'est la jeunesse qui s'est endormie : réveillons-la !

Quand le nouveau curé de ma petite paroisse limousine m'a fait savoir qu'il souhaitait me rencontrer pour me demander mon assistance, je me suis rendue avec empressement au presbytère. S'occuper d'humbles paroisses rurales – ce prêtre en dessert à lui seul plus de vingt-cinq – est unc difficile mission religieuse mais aussi humanitaire qu'on ne peut que soutenir. Qu'espérait-il de moi, cet homme de Dieu, et allais-je pouvoir l'aider ?

Café bu, connaissance faite, nous passons au vif du sujet :

– Je viens de consulter les archives de notre collégiale. J'y ai trouvé des trésors, dont un document qui m'a appris que la partie romane de l'église date de 1012.

– Magnifique ! Cela va bientôt faire mille ans !

– En effet, et cela m'a donné une idée : commémorer cette fondation en 2012 en y faisant participer toute la population du bourg, quelle que soit son appartenance, ainsi que celle des environs. Pouvez-vous m'aider à organiser cette fête ?

Je sursaute. L'idée est excellente et témoigne d'une imagination et d'une ouverture d'esprit assez rares dans la prêtrise. Mais, pour ce qui me concerne, puis-je m'engager à si longue échéance ? Serai-je encore là en 2012 ? C'est possible : à l'âge que j'ai, mon père avait encore dix-huit ans à vivre, et jusqu'au bout il a gardé toute sa tête. Mais, par ailleurs, j'arrive au niveau considéré comme la limite moyenne de l'espérance de vie pour les femmes...

Tandis que je demeure dans un silence perplexe, troublée que je suis par ce qui se passe en moi, une ultime pensée me traverse l'esprit : il y a encore dix ans, ou même cinq, j'aurais d'emblée dit « oui » et me serais mise à réfléchir avec le curé sur la façon d'organiser cette célébration pour qu'elle enchante notre région.

Aujourd'hui, je ne sais plus si je puis me le permettre.

C'est ce qu'il y a de plus pénible, me semble-t-il, lorsqu'on entre dans le « certain âge » : c'est qu'on se met à douter de soi et de son avenir !

Certes, cela fait quelque temps que je me pose des questions sur ma résistance physique et nerveuse : vais-je encore pouvoir me baigner dans l'Atlantique l'année prochaine, m'occuper comme il convient de mes maisons pour y recevoir mes divers hôtes, écrire trois ou quatre livres par an ? Tous les « certain âge » en sont là : on élimine les tâches inutiles, on choisit l'essentiel, on se ménage, on n'emploie ses propres forces qu'à bon escient (on apprend à utiliser celles des plus jeunes), on donne un peu le change à soi, aux autres, et, tout compte fait, on y parvient. Mais se lancer dans des projets à long terme devient difficile, alors que c'est un mouvement si naturel à la jeunesse ! Écoutez-les : « Dans trois ans j'irai à l'université, dans cinq je quitterai les parents et me mettrai en ménage, dans dix nous aurons notre premier enfant, notre première maison, etc. »

Ils n'hésitent, filles et garçons, que sur l'ordre à donner à leurs priorités.

En revanche, au « certain âge », comme on doute de ce qu'on possède encore d'avenir, on perd ce bien précieux : sa confiance en soi.

On a beau se dire : « Il faut vivre dans l'instant, c'est là qu'est le bonheur », on sait au fond de soi que ce qui fait l'homme, contribue au développement des civilisations et des personnes, c'est échafauder des projets. À long terme. En donnant du temps au temps.

Avoir soudain le sentiment que, désormais, on en manque, est désagréable, douloureux, et, pis que tout, vous affaiblit.

On ne se sent plus « en fer ». On ne pense plus – comme auparavant – qu'il suffit d'en avoir la volonté pour parvenir au bout de tout !

Certes, à n'importe quel âge, on peut tomber malade, endurer des accidents, des infirmités, des deuils, mais, tant qu'on a le droit de penser qu'on a du temps devant soi, on garde l'énergie nécessaire pour aller de l'avant. Éventuellement guérir.

Au « certain âge », on a le sentiment – vrai ou faux – de ne plus avoir de réserves côté temps ! Quoi qu'on entreprenne, on sait qu'il nous est compté et on aurait tendance à baisser les bras d'avance.

Eh bien, c'est contre ce sentiment défaitiste qu'il s'agit en premier lieu de lutter. Contre l'intime conviction que cela ne vaut pas la peine d'entreprendre ci ou ça, puisqu'on sera mort avant que cela ne se réalise.

On a tort : même si la fin doit nous surprendre en cours de route, les projets, eux, sont comme les enfants qu'on met au monde ou comme les arbres qu'on plante, la plupart vont nous survivre.

D'ici là, ils auront le mérite de nous faire vivre, inventer, créer, et donc rester jeune.

Les « vrais vieux », vous en connaissez et vous avez tendance à les fuir : ce sont ceux qui n'ont plus de projets, non qu'ils n'en aient pas la possibilité, mais parce qu'ils ont renoncé à en faire.

D'ailleurs, si l'on se réfère à l'histoire des grands hommes, tous ceux que nous admirons et dont les œuvres et la pensée continuent de nous illuminer nourrissaient des projets pour les temps à venir, pour ce qui se passerait après eux. Des conceptions souvent prémonitoires sur lesquelles ils ont travaillé jusqu'à leur dernier jour.

L'avenir dure longtemps, écrivit le philosophe Louis Althusser.

Nous en faisons partie.

À propos : j'ai dit « oui » au curé.

Une soirée de gala est organisée au palais Brongniart, à Paris, pour récolter des fonds afin de lutter contre l'Alzheimer ; à la sortie, comme tous les assistants, je me sens le cerveau un peu branlant. C'est que de grands scientifiques, des professeurs de médecine renommés, des spécialistes en neuropsychiatrie nous ont expliqué pendant plusieurs heures d'affilée comment survient la maladie, comment elle se manifeste...

Le premier symptôme – dont nous ne sommes que trop avertis – est l'oubli. Or, dans une société comme la nôtre, où la performance est réclamée presque à chaque instant, qui n'oublie quelque chose ? Cela va des nombreux codes indispensables pour ouvrir les portes, désamorcer les alarmes, faire fonctionner les cartes de crédit, jusqu'au maniement de la multiplicité d'appareils électroniques qui aident ou suppléent notre activité. Comme je m'occupe de plusieurs maisons, l'une à Paris, les autres en province, toutes équipées des appareils nécessaires à ce qu'on peut appeler la survie moderne – téléviseurs, ordinateurs, cafetières, fours à micro-ondes, téléphones, fax, etc. –, il y a de quoi s'embrouiller : aucun de ces appareils n'a le même mode de fonctionnement, rien que les boutons marche/arrêt sont autrement distribués, et le reste est à l'avenant.

Mes bagarres et le temps perdu avec les différents modèles de cuisinières, plaques à induction, machines à laver le linge, à le sécher, à laver la vaisselle, à rechercher les manettes ou boutons permettant de faire fonctionner les cumulus, les chaudières, d'y rajouter de l'eau au besoin, sans compter l'emploi des aspirateurs de poussières, de feuilles, les Karcher, etc., m'ont longtemps exaspérée. Maintenant, ces agaçantes empoignades m'instillent un sentiment supplémentaire : elles m'inquiètent ! Ne suis-je pas en train de perdre la mémoire, me dis-je dès que je tâtonne pour trouver un bouton ou hésite sur la signification d'un signal, et que va-t-il advenir si je n'y parviens pas ou plus ?

Le pire étant la course-poursuite après les vêtements ! Qu'est devenu mon pantalon vert, ma blouse à rayures, mon petit haut panthère ? Je cherche, farfouille, ouvre des tiroirs, ne retrouve plus... Je crois voir agir ma mère, laquelle, sur ses vieux jours, perdait effectivement et ses affaires et la mémoire.

Pour ne pas m'infliger trop de frayeurs, je dépose mes quelques bijoux de valeur dans un coffre, n'utilise le plus souvent que des accessoires fantaisie lesquels j'ai toutefois horreur d'égarer, ce qui, bien sûr, se produit. À peine arrivée dans un endroit, je téléphone à mon point de départ où quelqu'un achève de faire le ménage : « N'auriez-vous pas vu ci ou ça ?... Ah, vous l'avez trouvé ! Tant mieux, merci, gardez-le jusqu'à mon retour... »

Soulagement, mais angoisse quand même : ça ne va plus la tête, ou quoi ?

Le plus troublant est le rapport à tous ces gens qui m'environnent, m'abordent, m'entourent en nombre croissant... J'en rencontre sans cesse de nouveaux dans les médias, les fêtes du livre, les cocktails, aussi dans la rue. Eux, sachant d'avance qu'ils vont me voir, me reconnaissent sans peine. Mais moi, prise de court, à l'improviste, je ne me souviens parfois ni des visages, ni des noms. D'autant moins que les personnes qui soudain me font face, comme sorties d'une boîte, ne sont pas dans leur cadre ni dans leur costume habituel.

Entre écrivains, nous évoquons souvent le drame de la signature, un désordre qui nous arrive à tous ! Avec un grand sourire de connivence, une personne s'approche de nous pour quémander un autographe : manifestement, « on » se connaît ; toutefois, qui est-ce ? Et de s'interroger désespérément, de chercher à droite ou à gauche si quelqu'un est là pour nous venir en aide... On prend son temps pour ouvrir le livre à la page de garde, se saisir de son stylo, mais rien ne revient...

Alors, on se lance : « Je vous dédicace le livre à quel nom ? – Au mien, il est pour moi, celui-ci. J'aime tellement tout ce que vous faites ! »

Au diable les compliments, on préférerait un tout petit indice qu'on n'ose solliciter en s'informant : « Vous êtes qui, au juste ? Rappelez-le-moi... » La personne, les deux mains posées sur la table, affiche avec tant d'assurance sa familiarité avec « son » écrivain. La mettre en doute serait la blesser... On croit s'en tirer par un sournois : « Ça s'écrit comment, votre nom ? Je ne voudrais pas l'écorcher... »

Hélas, certains sadiques, conscients ou non de votre gêne, répondent par un bref et sonore : « Comme ça se prononce ! »

Un de ces jours, je cracherai le morceau : « Dites-moi qui vous êtes, vous comprenez : à mon âge, je perds la mémoire... » Tant pis si l'aveu ôte de la crédibilité à mon rôle d'écrivain-témoin du temps qui passe...

Et pourtant, vu les circonstances, je ne la perds pas vraiment, cette sacrée mémoire ! Que de choses j'ai enregistrées depuis ma naissance et que je me rappelle avec précision ! Dès que je songe au passé, des monceaux d'images, d'événements, aussi de noms, de dates, de lieux me reviennent... Reste qu'il y a toujours des gens pour vous faire douter : « Ne vous y fiez pas trop, à cette faculté-là... Vous savez bien qu'en perdant la mémoire, on continue à se souvenir du passé lointain, alors qu'on n'enregistre plus ou presque plus les événements du présent ; c'est la mémoire vive qui s'affaiblit et bientôt fait défaut... »

C'est quoi, ça, la mémoire vive ?

Pour tester la mienne, je me répète comme on fait sa prière tous les codes que je suis censée retenir par cœur : celui de la porte cochère, de l'alarme, de ma carte bleue, des cadenas des bicyclettes. S'ils changent, je m'empresse de mémoriser leurs remplaçants. De même pour les numéros de téléphone et de portables : je tente de retenir ceux que j'utilise le plus fréquemment, ceux des gens que j'aime le plus...

L'amour aide incontestablement à garder mémoire, fût-ce celle des chiffres.

L'étrange est que cette mémoire-là m'est venue sur le tard : quand j'avais trente, quarante, cinquante ans, je me fichais bien de ne pas retenir certains éléments de la vie quotidienne ! Je ne me disais jamais : « Attention à ne pas perdre la mémoire ! C'est même peut-être déjà commencé : vérifie... » C'est en toute quiétude que j'interrogeais quelqu'un ou vérifiais sur mon agenda les noms et adresses des copains que je ne me donnais pas la peine de mémoriser – il me suffisait de savoir y aller... Je ne m'en faisais pas non plus si je retenais mal les paroles des chansons ou les vers de mes poètes favoris.

Alors que maintenant !

C'est qu'à force d'avoir assisté à des délabrements, des naufrages, des drames encéphaliques, je me dis que cela peut fort bien m'arriver. À moi comme à tout un chacun ! Qu'il y a dans ma pensée, que je croyais libre de toute entrave, à ma totale disposition, des mécanismes qui, à mon insu, doivent s'user, à l'instar de mes articulations – et qui finiront, comme elles, par ne plus m'obéir au doigt et à l'œil (ceux-là aussi sont devenus fragiles...)

Perspective terrifiante autant que pathétique... Un mal ancestral et général qui nous guette d'autant plus volontiers que l'espérance de vie, elle, s'allonge...

Au cours d'une soirée, j'évoque mon récent congrès consacré à l'Alzheimer devant une femme de mon âge ; une autre personne nettement plus jeune nous écoute et je lui dis, voulant être aimable : « Vous, cela ne vous concerne pas ! Pas encore...

– Mais si, cela me concerne ! s'écrie-t-elle. Imaginez-vous qu'il m'arrive de plus en plus souvent de ne plus retrouver ni les noms, ni les chiffres... »

Et de nous décrire avec volubilité son « pataugeage » dans le domaine de la mémoire.

Nous, ses aînés, ne savons que lui répondre : cette femme a l'air normale, et la voici qui nous déballe une angoisse secrète, laquelle semble, hélas, fondée.

J'ai envie de lui dire : « Vous devriez aller consulter... » Mais nous sommes dans une soirée joyeuse, à boire du champagne, je ne veux pas la lui gâcher, je ne peux faire qu'une chose, et je le fais : je l'écoute.

Et je me dis : « J'ai de la chance de n'en être pas encore là ! »

Pourquoi *encore* ? Que sais-je exactement de ce qui est à l'œuvre dans ma tête, de ce qui se trafique entre mes neurones, mes synapses ? Toute cette vivante boîte à idées et à souvenirs dont je me contente de me servir sans savoir ni comment elle fonctionne, ni comment elle est construite, ni si elle peut se réparer en cas de panne.

Par moments, elle s'excite : j'ai le sentiment que mon cerveau n'a jamais fonctionné aussi vite. Que les connexions se font à toute allure, et de plus en plus nombreuses. Quand j'écris, c'est à la vitesse de ma pensée, et, sur les touches, mes doigts n'arrivent pas toujours à suivre le rythme, je dois « ralentir » !

J'en tire une nouvelle raison de m'inquiéter : « C'est la machine qui s'emballe, le début de la fin ! »

Quand on s'est mis dans la tête d'avoir peur, tout est symptôme, alerte, danger, menace.

Tiens, comme lorsqu'on est seul, la nuit, dans une grande maison, et qu'on entend un bruit, un craquement qu'on ne parvient pas à identifier. On tend l'oreille et c'est une succession de claquements, de trottinements, de chuintements, de tout ce qu'on peut percevoir dans une bâtisse où circulent les mulots, les courants d'air, concert qui vous assaille et finit par vous terroriser.

De la même façon, si je me mets à « écouter » mon cerveau, il m'arrive de percevoir de menaçants « ratés »... Comme lorsque je voyage en avion et que tout changement de régime des moteurs me donne aussitôt des sueurs froides...

À tort, à raison ?

Ce sera à la suite – s'il doit y en avoir une – de me le prouver !

Comme à vous !

CLAUDE SARRAUTE

Le visage aussi lumineux que sa chevelure blanche, bouclée comme celle d'une enfant, Claude Sarraute vit dans un cadre qui semble avoir émané d'elle.

Dans cet appartement au cinquième étage, dominant la Seine, ses quais, ses arbres, tout est à son image : blanc, clair, lumineux, à l'exception du feu rouge et pétillant dont on se demande ce qu'il fait dans cette petite cheminée si haut perchée. Si ce n'est nous rappeler qu'il y a une âme ici, et qu'elle est vive.

Les yeux d'eau claire comme son chemisier de soie, Claude me dit d'emblée qu'il n'est pas question, pour ce qui la concerne, du « certain âge » : elle se considère comme entrée dans le « grand âge » ! Je sens bien qu'elle empire exprès la situation, tant elle est agacée, elle qui a toujours tout maîtrisé, à commencer par elle-même, de manquer de pouvoir sur ce temps qui n'arrête pas de couler, plus vite encore que la Seine au bas de ses fenêtres.

« Que viens-tu me chanter avec ton "certain âge" ? Moi je suis vieille, c'est comme ça, n'en parlons plus ! » veut-elle me dire.

Parlons-en, au contraire, car ici le mot « vieille » ne convient pas du tout. Et elle a beau déclarer : « Écoute, j'ai mal au cou, je rate les marches, je rapetisse, je perds les noms propres », la vivacité de son regard, la précision de son verbe et de sa pensée démentent à tout instant ses propos.

« Claude, moi je te trouve belle !

– C'est parce que tu me vois souvent à l'écran, alors tu es habituée à mon physique ! C'est ça, l'injustice : quand les gens sont connus, on ne considère que leur personne. Quand ils ne le sont pas, on voit uniquement le petit vieux, la petite vieille... ! »

En dépit de ce discours dépréciateur – comme toutes les femmes qui ont été très belles, Claude a le sentiment d'avoir plus perdu que les autres –, je m'enchante de l'amplitude de son être, de son cœur et de son esprit.

Si, au premier abord, elle apparaît comme l'image d'une BCBG, en réalité Claude Sarraute est une extrême. Il n'y a qu'à l'entendre, la lire : impertinente, insolente, politiquement incorrecte !

Issue d'une mère papesse du nouveau roman, dont l'œuvre n'était guère plus facile d'accès que la personne, Claude, à l'inverse, écrit pour faire rire. Alléger la vie. Nathalie Sarraute travaillait, ciselait pour l'éternité ; sa fille donne dans la brièveté, le jour le jour, les bulles du temps. À peine lu qu'oublié...

Autre paradoxe, c'est qu'à force de nous amuser, elle a fini par la semer, cette mère imposante : « Claude, aujourd'hui, tu es plus célèbre que ta mère ! Demande à n'importe qui dans la rue... »

Elle lève les sourcils, hausse les épaules, mais ne peut réfuter : elle a gagné une place unique sans blesser personne ; en aidant autrui, au contraire. Et cette femme qui vit haut dans l'air, nous rend visite sur les ondes, légère comme la plume au vent – ce qu'est la sienne –, incarne la féminité telle qu'on l'aime, celle que l'âge ne fait qu'accroître.

On comprend, on partage, on sait qu'elle souffre de ne plus être physiquement sur le champ de bataille (c'est notre lot à toutes et à tous à partir d'un certain moment) – « Moi, je me levais à cinq heures du matin ! » – mais qu'elle imagine en avoir perdu de son importance est une illusion : Claude n'a jamais été plus présente.

La preuve : elle va bientôt publier, « comme d'hab » – et son visage s'éclaire à l'idée, cette saison encore, de faire partie des nouveautés à l'étalage...

D'être et de rester dans la lumière.

*

M.C. – Toi et moi, je crois bien que nous avons atteint le « certain âge » !

C.S. – Mais pas du tout ! C'est fini, le « certain âge » ! Moi je suis dans le grand âge ! Toi aussi... Le certain âge, c'est autour de la cinquantaine.

– Tiens donc, et qui a décidé ça ?

– Les gérontologues, les sociologues, les médecins... Et encore, ne nous plaignons pas, on a gagné beaucoup de temps : autrefois, la femme de trente ans, celle de Balzac, était une vieille femme. Un peu plus tard, elle l'a été à quarante ans. Puis, quand j'étais jeune, c'est à cinquante ans qu'on disait d'une femme qu'elle avait un « certain âge »...

– Ce qui était une forme de politesse, d'élégance, même. Maintenant, on vous fiche votre âge à la figure à la moindre occasion !

– Mais pourquoi fais-tu ce livre ?

– Pour que ce soit nous, et non les autres, qui parlions de notre prise d'âge !

– Moi je le ressens drôlement, mon âge !

– Depuis quand ?

– Pour moi, ça a commencé à cinquante ans ! Je ne voulais plus montrer mes bras, je refusais de porter des robes à manches courtes, je voulais que mes maillots de bain descendent le plus bas possible pour ne pas montrer l'intérieur de mes cuisses...

– À cinquante ans déjà ?

– Peut-être un peu plus tard, à cinquante-cinq... Mais jusqu'à l'âge de soixante ans, j'en avais trente dans ma tête ! Et jusqu'à soixante-cinq ans, il en allait de même pour moi dans le regard des autres...

Maintenant, c'est fini, je n'ai plus trente ans dans ma tête ! Ni dans les yeux des autres...

– Qu'est-ce qui te fait dire ça ?

– Je deviens beaucoup plus précautionneuse... C'est que j'ai des douleurs, j'ai mal au cou... J'en avais un peu à trente ans, maintenant c'est terrible, c'est tout le temps ! J'ai peur de tomber : je suis tombée deux fois, la semaine dernière, mais alors vraiment, je me suis étalée de tout mon long... La première fois, je me suis fêlé une côte, ici, chez moi, et une deuxième fois je me suis fait une énorme bosse ! Et quand les gens viennent me ramasser, je leur dis d'abord : « Pas tout de suite ! », parce que ça fait mal au cœur de tomber ! Il faut qu'on te laisse un peu par terre avant de te remettre debout...

– On ressent ça à tout âge ! On en voit trente-six chandelles... Ça m'est arrivé dans la rue : traînée par mes deux chiens, j'ai été projetée contre le mur d'un immeuble... Je suis restée à terre un moment : les chiens me regardaient, sidérés eux aussi !

– Et les escaliers ! Je les déteste... Je refuse de descendre un escalier qui n'a pas de rampe ! Je reste en haut. À cause d'une chose qui m'est venue avec l'âge : je ne soulève plus assez le pied ! Alors mon talon, même s'il est bas, se prend et je risque de tomber ! Mon pied n'est pas disponible pour aller à la marche au-dessous...

– C'est vrai, les escaliers deviennent l'ennemi ! En tout cas, tu ne perds pas ton sens de l'observation...

– Et puis, tu sais, il y a le dos ! On perd de la taille, et il faut que je pense tout le temps à me tenir droite ! Je marche beaucoup plus lentement, mon pas est moins élastique qu'il ne l'était... Enfin, mille choses, quoi ! Aussi la mémoire, je n'en ai jamais eu beaucoup, mais alors maintenant, cela devient hallucinant : je suis toujours avec un dictionnaire, parce que je cherche mes mots ! Cela fait des années et des années que j'oublie les noms des gens, je deviens incapable de mettre un nom sur un visage ! Alors je dis toujours « Mon Chéri »... Même quand j'écris, les mots me manquent, je sais ce que je veux dire, mais je ne sais plus comment on dit.

– Et tu dis tout ça avec un humour, une gaieté... admirables !

– Eh bien oui, que veux-tu, c'est ça la vie ! La vie, c'est aussi le vieillissement.

– L'avais-tu prévu ?

– Oui, parce que j'avais ma mère sous les yeux !

– Ta mère, Nathalie Sarraute, était formidable à tous points de vue !

– Formidable, oui, et qui a vécu très-très longtemps : elle est morte à quatre-vingt-dix-neuf ans... Mon père est mort bien avant elle. Elle a eu un mot merveilleux quand elle avait quatre-vingt-dix ans – elle est née en 1900, mon père était mort depuis huit ans –, elle m'a dit : « Tu vois tous ces clichés que tout le monde répète, qu'on ne peut pas vieillir ensemble ! Eh bien, finalement, c'est vrai ! » En fait, comme mon père est mort à quatre-vingt-deux ans, ils ont tout de même pas mal vécu ensemble !

– Et tu te voies prendre le même chemin ?

– Quand j'avais trente ans, je pensais que je ne vieillirais jamais ! Ce qui m'angoissait, c'était la dégradation physique... Je me suis fait « tirer » très tôt. J'ai eu un dernier enfant tard, à quarante ans, et quand il a eu huit ans, il m'a dit un jour : « Ce n'est plus la peine de venir me chercher à l'école, Maman, je peux très bien me débrouiller tout seul ! » Je ne comprenais pas ; j'ai demandé à ses frères aînés, qui avaient six ans et huit ans de plus que lui : « Vous, vous acceptiez que je vienne vous chercher à l'école, pourquoi pas lui ? » Ils m'ont répondu : « Tu sais, maintenant, tu fais un peu vieux, tout de même... »

– Je t'ai rencontrée à cette époque-là, tu étais superbe !

– Mais, pour un gamin comme le mien, je faisais plus vieille que les autres mamans ! Ils ont un regard laser, les gosses, ils ne te font pas de cadeaux ! Quand j'ai eu enlevé mes foulards, mes lunettes, après l'opération, mon fils m'a regardée et m'a dit : « Si tu veux, tu peux venir me chercher demain ! »

– N'ayant pas eu d'enfants, je n'ai pas eu à affronter ce regard-là ! Ce qui fait que j'ai pu me croire jeune un peu plus longtemps...

– J'ai quand même eu beaucoup de chance, car lorsque j'ai commencé à ne plus être un objet de désir, je suis devenue un objet de curiosité, grâce à ma chronique qui paraissait en dernière page du journal *Le Monde*... Dans les dîners en ville, quand je sortais, les gens s'approchaient de moi, ils voulaient me parler, je recevais plein de lettres de lecteurs, toutes adorables...

– C'est l'avantage de la célébrité !

– Cela remplace les lettres d'amour qu'on ne t'envoie plus ! En fait, à partir d'un certain moment, si les gens ne viennent plus à toi pour te regarder, ils viennent pour t'écouter...

– Mais ils te regardent aussi ! Tu es belle ! Je trouve que les visages qui prennent de l'âge deviennent beaux d'une autre façon qu'au temps de leur jeunesse. Pense à Alain Delon, à Jeanne Moreau, à Sœur Emmanuelle, à Henri Salvador... Ils continuent de nous fasciner, non ?

– Les visages que tu viens de citer sont connus. La notoriété ajoute. Alors on les trouve beaux... Mais si tu rencontres quelqu'un de leur âge dans la rue, comme il ne représente rien, tu ne fais pas attention à lui ! Surtout quand il s'agit d'une femme...

– Tu n'apprécies pas cette beauté singulière qui vient de ce que l'histoire d'une vie se lit sur un visage ?

– Je me rappelle ce que m'a dit ma sœur quand je lui ai parlé de mon intention de me faire tirer la peau : « Tu es folle, mais tu n'as pas besoin de ça, tu as tes rides d'expression, c'est ça qui est bien, reste comme tu es ! » Remarque, elle-même ne l'a jamais fait ! Ce n'est pas son genre...

– Et tu es pour ?

– C'est le sujet de mon dernier livre : *Belle, belle, belle* ! J'y parle de cette tendance qui se généralise à conserver l'aspect de la jeunesse par tous les moyens : les cosmétiques, la chirurgie esthétique, le Botox, etc. Comme plus cela ira, plus les opérations seront bon marché, moins les suites en seront pénibles, plus on va aller vers l'éternelle jeunesse ! C'est le « meilleur des mondes » de Huxley ! On te débarrasse des stigmates de l'âge, on dissimule les marques de celui que tu as pris...

– Tant mieux, non ? Mais cela va créer des différences entre ceux qui peuvent se le permettre et les autres. Ce sera le grand luxe des sociétés avancées : ne plus vieillir !

– Ça l'est déjà ! Regarde les Américaines qui en ont les moyens : elles n'ont plus du tout d'âge...

– Cela peut être aussi par courtoisie qu'on se fait « arranger » ! Tu ne trouves pas gênant d'avoir à passer à la télévision avec un visage qu'on n'aime plus vraiment ? Cela te retire de l'assurance...

– J'ai eu de la chance que la productrice Catherine Burma m'offre de participer, il y a sept ans, à l'émission de Laurent Ruquier. J'ai commencé par lui répondre : « Ah non, tu n'as jamais vu dans une émission de divertissement, quelqu'un d'aussi marqué, quelqu'un d'aussi vieux que moi ! » Elle a insisté, j'ai refusé, elle a insisté, j'ai accepté – et elle a gagné !

– Ce qui est charmant, dans *On a tout essayé*, c'est la façon dont toute cette équipe de jeunes te taquine sur ton âge, et la manière dont tu le prends !

– Je me laisse faire, je ris avec eux ! C'est qu'on peut encore se permettre de se moquer publiquement des vieux, à la télévision ! Et ailleurs... Il y a un mot inventé par les Américains, c'est l'« âgisme », comme on dit « sexisme »... C'est le seul racisme qui garde le droit de s'exprimer dans le monde du « politiquement correct », alors que tu ne peux plus te moquer des « folles », comme le faisait, entre autres, Fernand Reynaud, ni des Juifs, ni des Noirs, ni des Arabes, ni des femmes, ni de personne, ça n'est plus dans l'air du temps. Sauf des vieux ! La petite Mamie, le petit Papy, là, tu peux y aller tout ton saoul, et tout le monde y va !

– C'est bien vrai !

– Alors je joue là-dessus, mais je ne peux pas dire que j'aime ! Je tape très fort contre l'« âgisme ». Quand à une femme de mon âge on dit « Ma petite

Claude... », cela me choque. Ma mère était comme moi ! Tous les dimanches soir, je l'emmenais dîner dans un restaurant – en taxi, bien sûr. Une fois, en nous déposant, le chauffeur du taxi nous a dit : « Au revoir, mesdemoiselles ! » Ma mère en a fait une maladie ! Elle avait quatre-vingt-seize ou dix-sept ans, moi j'en avais vingt-cinq de moins : tu vois, j'étais déjà mûre. Cette réflexion lui a gâché tout son dîner : « Comment il nous a parlé, cet homme-là, tu te rends compte ! Et tu l'as laissé dire ? » Je ne savais que répondre pour l'apaiser.

– C'était peut-être gentil, dans l'esprit du chauffeur de taxi !

– C'était surtout moqueur, et ma mère l'a très bien senti ! Comme ce chauffeur routier qui me lance : « Au revoir, jolie madame... ! » Par en dessous, il se fiche de toi, c'est-à-dire de ton âge... J'ai fait une émission, *Mots croisés*, où l'on me demandait s'il existait un racisme antivieux ! Eh bien oui, c'est clair, il existe un racisme antivieux !

– Et cela se manifeste par quoi ?

– Déjà par toutes ces petites plaisanteries. Chez les amuseurs, les chansonniers, tu trouves rarement, désormais, quelqu'un qui soit blanc et qui prenne l'accent noir. Mais l'accent « vieux », c'est tout le temps ! La vieille voix chevrotante, le dentier qu'on met le soir dans un verre d'eau...

– Il y aussi ces deux comiques qui jouent les vieilles en fichu... Et on se moquait naguère tout le temps d'une Alice Sapritch...

– Elle était devenue à la mode, avec son long fume-cigarette, et puis elle jouait faux, ce qui ajoutait à son ridicule !

– Mais elle encaissait à merveille qu'on se moquât d'elle et de son âge. À commencer par Thierry Le Luron...

– Les homos, surtout les jeunes, sont en général très gentils avec les femmes d'âge !

– Les voir s'empresser autour de vous est d'ailleurs un des signes qu'on prend de l'âge...

– Les homosexuels aiment les vieilles dames à condition qu'elles soient un peu connues ! Il ne faut pas confondre ce que t'apporte et t'enlève l'âge et ce que t'apporte la notoriété : c'est un tout autre registre.

– Tu crois qu'il n'y a plus de respect pour les gens âgés ?

– De moins en moins... Il y a aussi qu'à notre époque, les gens âgés sont complètement dépassés par les techniques modernes. Ce sont les petits enfants qui surfent sur Internet et qui te disent : « Ta souris, tu dois la mettre là ! » Autrefois, quand tu étais artisan de père en fils, tu enseignais ce que tu savais à tes enfants et à tes petits-enfants. Il y avait un savoir-faire qui s'accroissait avec l'âge. Maintenant, le savoir-faire, ce sont les jeunes qui l'ont. D'emblée !

– Reste que nous possédons une connaissance unique du passé. Beaucoup de jeunes viennent me demander comment c'était avant eux...

– Moi, mes petits-enfants ne me demandent jamais de leur raconter quoi que ce soit d'autrefois !

– Même pas sur tous ces gens que tu as connus ?

– Tu appartiens à un milieu plus culturel ; les miens

ne le sont pas du tout... Il ne leur viendrait pas à l'idée de me demander comment était Ionesco. Mais je l'écris, j'ai écrit un livre là-dessus, en racontant comment c'était de mon temps, et il a très bien marché...

– Du bon usage de l'âge : écrire ! On voit aussi la vie de plus haut, avec distance ! Cet été, je me suis à nouveau baignée dans la mer, à l'île de Ré, et je me suis dit : « Qui sait si ça n'est pas la dernière fois ? » Mais ça n'est pas triste.

– Non, ça n'est pas triste. Si je savais que je devais partir bientôt, je crois que je serais contente...

– Il y a quand même de bons moments : lorsqu'on est avec ceux qu'on aime et qui vous aiment...

– D'accord, mais il y en a de moins en moins !

– Quand tu te réveilles le matin, tu ne te dis pas : encore un jour de vie de gagné ?

– Le matin, je suis très angoissée. J'ai hérité ça de ma mère. L'angoisse c'est mon moteur ; si je ne me fais pas de souci, j'ai peur que ça ne marche pas, que ça ne vaille rien...

– Tu ne trouves pas aussi que plus on avance en âge, mieux on apprend à juger les gens ? Ce que j'ai pu patauger dans mes histoires d'amour et d'amitié avant de savoir ce qui était vrai et bon pour moi... Pas toi ?

– Moi, j'ai toujours su qui était qui ! J'ai peut-être eu de la chance dans mes rencontres, mais je n'ai jamais choisi un mec plutôt qu'un autre pour les avantages que je pouvais en retirer. Et si j'ai couché « utile », c'est en ce sens que lorsque j'ai rencontré des hommes, j'ai su tout de suite lequel me conviendrait et m'apporterait quelque chose...

– Tu n'as pas eu, comme moi, ta période « errance » et même « voyous » ?

– Quand j'avais vingt ans, peut-être, et que je me cherchais, mais ça n'a pas duré.

– Il y a aussi le problème de l'avenir... Les vieux sont comme les autres, ils ont un avenir ! Comment envisages-tu le tien ?

– J'y pense tout le temps ! Je me dis : j'ai mangé mon pain blanc et je n'ai pas du tout peur de mourir. Si je pouvais mourir tout de suite, crois-moi, je serais plus tranquille... D'ailleurs, l'idée du suicide m'a accompagnée toute ma vie, c'est une porte de sortie ! Tant que mes enfants étaient petits, il n'en était pas question. Maintenant, sur ce plan-là je suis libre comme l'air...

– Mais je ne trouve pas très sympa pour les autres de le proclamer d'avance *urbi et orbi* ! Si on doit le faire, faisons-le, mais en douce...

– Je suis d'accord avec toi.

– Si nous en arrivons, comme tu dis, au « grand âge », avec ses multiples inconvénients, il doit bien y avoir en compensation des privilèges...

– Moi, je n'en vois qu'un : la liberté ! Je suis désormais dans la liberté... J'ai travaillé dans un journal où, les dernières années, il était impossible d'être plus politiquement correct ! Alors, malgré moi, je pratiquais l'autocensure... Eh bien, maintenant, je dis tout ce que j'ai envie de dire ! Comme avec toi en ce moment ! Je ne me gêne plus devant personne. J'expose des idées, qu'elle soient de droite, de gauche ou de rien du tout, comme je veux, à qui je veux. Je me sens libre. C'est vrai, tu sais ! Je me fous de ce qu'on peut penser et de ce qu'on dira de moi.

– On dira qu'on t'aime comme tu es !

SONIA RYKIEL

Sonia, princesse du mouvement, de la course, de l'insaisissable. C'est par sa mobilité, en précédant le temps, qu'elle incarne la mode – la plus parisienne et la plus mondiale.

Et la voilà, le « certain âge » venu, obligée de ralentir. Magnifique poisson pris au filet, elle se débat : pas vrai, pas juste, inacceptable !

Elle se doit d'inventer quelque chose pour mettre le temps à l'envers, comme autrefois elle a fait des coutures !

Je la regarde agir, en cet après-midi de novembre, et elle ne voit pas à quel point le frémissant spectacle qu'elle donne m'émeut.

Nous sommes dans la grande pièce qui lui sert de studio. De futurs modèles de toutes couleurs, de toutes matières, dentelles, fourrures, strass, laine, satin, sont suspendus à des portants qui cernent, cadrent la pièce. Leur profusion et leur diversité rassurent : le luxe de demain est en marche. Par les hautes fenêtres, les arbres du boulevard Saint-Germain perdent au vent leurs feuilles d'or. Il pleut, la lumière est gris tourterelle, nous sommes bien.

Pendant une heure, elle a travaillé avec son équipe, garçons et filles, tous penchés avec gravité sur des échantillons, des dessins. Choix, décision : Sonia va vite, de plus en plus vite, me semble-t-il, pour avoir assisté des centaines de fois à ces séances de création.

Puis c'est la pause, les jeunes gens partent pour une heure. Elle et moi restons seules : « Si cela ne t'ennuie pas, je m'assieds là pour étendre mes jambes... J'ai mal aux jambes, à la tête aussi... »

Sonia demande toujours aux autres si cela ne les ennuie pas qu'elle fasse ci ou ça, s'ils veulent bien... Elle a tant besoin de votre approbation et de votre amour pour être en mesure de poursuivre son geste année après année, saison après saison : détruire puis recréer...

Son casque de cheveux roux, son habit noir, sa voix divine, ces trois traits suffisent à l'identifier : c'est l'intemporelle, la Rykiel.

Or c'est de cette fixité même dont la femme souffre : à mesure que son style se précise aux yeux des autres, elle, elle ne parvient plus à se voir. Est-ce la faute des miroirs ? Confrontée à cette image qui aujourd'hui se défait pour se refaire autrement – car c'est cela, vieillir –, Sonia, par modestie, veut croire qu'elle ne fait que se dégrader. Alors qu'elle se renforce, rayonne comme jamais.

Mais écoutez-la parler : sur le rivage inconnu de chacun – que serons-nous demain ? – où maintenant elle aborde, cette femme trouve le moyen d'être absolument moderne.

*

M.C. – Puis-je te brutaliser un peu, question âge ?

S.R. – Crois-tu que je ne le fais pas moi-même ? Vas-y...

– Comment ressens-tu aujourd’hui le fait de vieillir ?

– Mon sentiment, c’est que cela passe de plus en plus vite ! Est-ce parce que j’avance dans la vie ? Mais l’âge m’a retiré le temps ! Avant, j’avais l’impression que j’allais pouvoir tout faire, écrire, dessiner, lire, aller au cinéma, au théâtre, créer des robes, donner des dîners, m’occuper des enfants, inviter des amis. Je disposais d’unc airc de liberté absolument fantastique... Alors qu’aujourd’hui je me sens pressée, je me hâte sans arrêt, je me lève et ne prends plus le temps de rien... Avant, j’avais au contraire le sentiment que je prenais mon temps pour tout, que j’étais plus posée, que je m’installais dans ce que je faisais. Maintenant je me dis : il faut que j’avance, il faut que je me dépêche, je perds mon temps...

– Toi, perdre ton temps, alors que tu n’arrêtes pas de créer, et à un rythme accéléré ?

– C’est pourtant l’impression que j’ai maintenant... Tout va trop vite, je me sens pressée, trop pressée...

– Tu mets ccla sur lc compte de l’âge ou sur celui d’une société qui nous bouscule ?

– Sur le compte de l’âge, d’une part, et aussi sur le compte de la société, de l’autre... Nous, toi, moi, nous changeons d’âge à un moment où la société elle-même change terriblement. Nous nous retrouvons dans un monde qu'on ne connaissait pas du tout hier. Tout ce qui arrive : les ordinateurs, Internet, les portables, toute cette technologie nouvelle avec quoi on n'avait pas l'habitude de travailler, et qui va de plus en plus vite... On est entrés dans le siècle de la vitesse dans tous les domaines... Même dans la mode ! Avant, la mode existait et variait, mais si une chose était juste, elle l'était pour deux-trois ans... Là, cela se démode immédiatement !

– Est-ce que vous ne cherchez pas, par la mode *vintage*, à remettre le démodé à la mode afin de ralentir, de repartir vers l'arrière ?

– Je parle de ce qui se démode dans le mauvais sens : d'une saison sur l'autre, ce que tu as fait n'est plus juste, plus bien – tu n'es plus à la mode, même si on sait que la mode ça n'existe pas ! Or, même s'il n'y a pas aujourd'hui une mode précise, ce que tu portes, ce que tu fais, ce que tu mets, ce que tu es, doit être en accord avec quelque chose qui corresponde au temps, à ce qui se passe jour après jour... Or aujourd'hui nous sommes obligés de travailler dans une mobilité beaucoup plus grande que celle qu'on connaissait jusque-là...

– Tu en souffres ?

– C'est un autre art de vivre ! Une autre façon de travailler, une autre manière de s'exprimer, de dire les choses, ce qui fait que, finalement, tu es obligée de faire avec. Tu ne peux pas dire : « Moi je m'en fous ! Je vis ma vie, je fais ma mode comme ça me chante... » On se retrouve tous confrontés à quelque chose qui vient du dehors, qui a une existence en soi et qui fait que nous devons nous conformer à certains vetos.

– Je te vois faire : tout ce qui te vient du dehors, les changements, l'évolution, jusqu'à cette rapidité nouvelle, tout t'intéresse...

– Bien sûr, et moi aussi, j'avance de plus en plus vite... En même temps, je me rends compte que ce n'est pas mon rythme. Mon rythme est plus calme. Du fait que je vieillis, je me rends compte que j'acquiers non pas une lenteur, mais une mobilité différente. Je ne me meus pas de la même façon... C'est difficile à vivre, et en même temps il faut s'y faire...

– Quand t'en es-tu rendu compte ?

– Pendant des années et des années, je ne croyais pas à la vieillesse, je me disais : « Qu'est-ce que c'est que ça, vieillir ? » Je ne voulais même pas y penser ! J'ai eu des discussions là-dessus avec Régine Deforges qui me disait : « Vieillir, c'est insupportable ! » Je lui répondais : « Écoute, il y a autre chose d'important, on verra ça plus tard... » Seulement, il y a mon problème à moi, qui est physique et qui me rattrape...

– Lequel ?

– J'ai toujours eu le sentiment, je te l'ai déjà dit, que j'existais par rapport à mon physique et non pas par rapport à ce que peux faire ni être... J'étais convaincue que ce qui touchait chez moi, ce qui troublait, c'était ce que j'étais physiquement. Au moment où l'on me voyait, on disait : « Ah ! » J'étais particulière ! Et, aujourd'hui, c'est beaucoup plus difficile pour moi de vieillir que pour quelqu'un qui n'a finalement jamais eu ce fantasme dans sa tête... Quelqu'un qui est intelligent, qui vieillit normalement...

– Tu es intelligente et tu vieillis normalement !

– Peut-être, mais je me dis que les gens ne vont plus faire « Oh ! Ah ! » quand ils vont me voir.

– Ce qui n'est pas vrai du tout : tu es au contraire de plus en plus particulière et de plus en plus regardée !

– Ce n'est pas ce que je ressens !

– Tu ressens quoi ?

– Que j'ai plus de mal à marcher. Le matin je ne suis plus aussi vive qu'avant. C'est cette restriction qui m'est insupportable... Elle me touche aussi par rapport à mes petites-filles, à Tatiana, à Lola. Ainsi d'avoir à leur dire : « Non, je ne peux pas, chérie, je ne peux pas aller avec toi, parce que c'est trop loin, ou trop tard ! » Par exemple, si Lola me téléphone tard le soir en me disant : « Est-ce que je peux venir, j'ai envie de te voir, de parler avec toi... », je lui réponds : « Non, chérie, plutôt demain... » Et je trouve ça insupportable !

– Deux choses changent quand on vieillit : ce qu'on ressent vis-à-vis de soi-même et ce qu'on éprouve par rapport à autrui – ce qu'on lit de différent dans le regard des autres, de ses proches !

– Quand je me suis acheté une maison à la campagne, je me suis installée au deuxième étage. Mon père vivait encore. Il m'a dit tout de suite : « Tu devrais prendre la chambre du rez-de-chaussée, parce que tu verras : plus tard, tu ne pourras plus monter les escaliers... » J'étais choquée : « Papa, comment peux-tu me parler comme ça ? » Il a souri : « Tu verras. »

Et c'est vrai qu'aujourd'hui, quand je dois monter au deuxième étage, je pense à mon père...

– Tu perds sur certains tableaux, mais tu gagnes sur d'autres, non ? Tu n'as jamais été aussi créatrice...

– Je sais que l'âge peut t'apporter des milliers de choses, que tu peux être plus attentive aux autres et à ce que tu fais, que tu connais par cœur ; l'expérience t'empêche de faire des conneries...

– Je ne suis pas sûre qu'avancer en âge retienne de faire des bêtises, mais on a le jugement plus rapide.

– Est-ce un avantage, de juger plus vite ?

Cela ne permet-il pas d'accomplir plus de choses ?

– Si tu en as le temps... Aujourd'hui, je fais mille fois moins de choses qu'avant, parce qu'il me semble que je perds plus de temps. Fais-tu encore comme à vingt ans quand tu te lèves, quand tu te réveilles, prends ton petit déjeuner, te mets à ta table de travail ? As-tu l'impression d'en faire autant qu'autrefois ? Parce que moi, pas du tout !

– En effet, c'est différent : je commence par me demander où en sont les douleurs de la veille, si elles sont toujours là, si elles ont disparu, s'il y en a d'autres, puis je me lève et fais attention...

– À quoi ?

– Déjà, à ne pas glisser en entrant dans la douche, la baignoire. Le rituel est différent... Toutefois, je me mets toujours au travail avec la même soif.

– Moi aussi, je me mets toujours au travail avec

avidité, j'en ai toujours autant envie, mais j'ai le sentiment qu'il me faut plus de temps... Je dessine et j'écris beaucoup moins vite... Et puis, il y a la glace, le miroir... Pourquoi suis-je comme ça ?

– Comment ?

– Tellement intéressée par mon physique !

– C'est ton sens extrême de la beauté, de l'esthétique, qui te rend aussi sensible à ta propre image.

– Pourtant je n'ai jamais été belle, on ne peut pas dire de moi que je suis une beauté, pas du tout... Mais j'avais l'impression d'être tellement singulière, je te l'ai dit : quand j'entrais quelque part, je ne laissais personne indifférent... Je ne sais pas pourquoi, mais j'ai passé ma vie à me regarder dans la glace ! Le matin, quand je me lève, mon premier mouvement est pour aller devant la glace ; je continue à ma toilette, puis quand je travaille, dans mon studio.

– Tu es entourée d'immenses miroirs, tu vis dans un monde de reflets, cela fait partie de ton métier ! Mais tu n'es pas la seule : beaucoup de femmes sont hypnotisées par leur image dans le miroir... Sans doute cherchent-elles à s'assurer de leur propre existence. C'est presque une expérience métaphysique : qui suis-je, suis-je bien là ?

– Je me suis toujours trouvée fausse, je te l'ai dit ; j'avais l'impression que je donnais le change à tout le monde, que j'étais hypocrite, que tout ça c'était pour rire, qu'on allait dire : « Elle n'y connaît rien, elle a mis les coutures à l'envers parce qu'elle ne sait pas les mettre à l'endroit... » Alors qu'aujourd'hui où je pourrais presque avoir l'impression de déployer une créativité formidable, je suis retenue par cette histoire de mon physique qui me touche, me met mal à l'aise.

– En quoi ton physique peut-il t'empêcher de croire en toi ?

– J'ai toujours pensé que si j'étais ce que je suis, reconnue, ce n'est pas à cause de ma création, mais parce que j'étais physiquement quelqu'un de spécial !

– Tu te dis que si tu perds ton attrait physique – ce qui n'est pas vrai ! – tu vas cesser de plaire au moment même où tu acquiers un rayonnement de plus en plus grand, universel ?

– Je ne le sens pas, ou plutôt, moi ça ne m'intéresse pas. Ce qui m'intéresse avant tout, c'est ce que je pense, moi, de moi ! Par chance, j'ai dans ma vie un homme qui me rassure sur ce point : il passe son temps à me dire que je suis belle – il faudrait que tu lui demandes pourquoi il pense ça ! Mais c'est vrai qu'avoir près de soi un homme qui te répète à longueur de temps que tu es la plus belle, la plus intelligente, et qui, lorsque tu paniques, te dit « Ne t'en fais pas, tu vas y arriver ! », c'est très confortable.

– Il nous faudrait à toutes un homme comme ça !

– Pour en revenir à la vieillesse, j'avais entendu Françoise Giroud en dire des horreurs ! Françoise ne s'en est pas remise, de vieillir...

– Il est vrai que Françoise ne supportait absolument pas son âge... Nous n'en avons pas parlé ensemble, mais je pense qu'elle m'aurait dit, comme toi, qu'elle comptait énormément sur son physique, qu'il avait contribué à sa réussite et à sa carrière. Elle pensait qu'elle pouvait aussi maîtriser sa voix, s'en servir comme elle voulait... Or sa voix avait perdu de sa force et de sa couleur...

– Ma voix aussi a diminué.

– Tu as une voix de très jeune femme, elle n'a pas changé...

– Mais si, elle a changé ! D'abord parce que j'ai mal à la gorge... Et puis tu changes obligatoirement, tu ne peux pas rester ce que tu es. Il y en a pourtant qui y parviennent : regarde, Régine Deforges !

– Toi aussi, tu compares ? « Celle-ci fait plus jeune que son âge... Celle-là fait plus vieux... Et moi, par rapport à elles, je suis comment ?... » Avec l'âge, la plupart des femmes passent leur temps à se comparer aux autres. Cela a-t-il de l'importance... ? Chacune vieillit à son rythme...

– Cela n'a pas d'importance, j'en suis d'accord avec toi. Reste que moi, le vieillissement, je n'arrive pas à le vivre !... Attends, il faut que je prenne mon médicament...

– Combien de petites pilules de tous ordres absorbons-nous désormais !

– Ce qui m'a fait beaucoup de bien, c'est ma fille ! Un jour que je disais à Nathalie : « Je ne peux pas faire ça, je ne suis pas bien... », elle s'est tournée vers moi, m'a toisée et m'a dit : « Maman, étonne-moi ! » Alors j'ai arrêté de me plaindre... Et j'ai fait ce que j'avais à faire. C'est vrai, finalement, qu'on fait les choses pour étonner les autres !

– Mais il y a mille façons de les étonner ! En changeant d'activité, parfois... Regarde Line Renaud qui devient une superbe comédienne...

– Line est extraordinaire.

– Il y a aussi Claude Sarraute qui se montre sans crainte à la télé parmi des gens tous plus jeunes qu'elle...

– Claude a une façon adorable de se laisser mettre en boîte par les autres ! Moi, j'aimerais somnoler sur une chaise longue, tout arrêter et rester là, endormie au soleil... Mais je n'ai jamais été capable de paresser. Après tout, c'est déjà merveilleux si l'on n'est pas malade...

– Sonia, être malade ne relève pas du même sujet ! On peut en parler, mais la maladie, ce n'est plus le vieillissement. D'autant moins qu'elle peut vous prendre à tout âge et qu'elle n'est pas comme lui, inexorable...

– Alors, que puis-je te dire d'autre ?

– Parle-moi des progrès que tu continues de faire dans ton art... Quand je te vois travailler, j'ai le sentiment que tu vas beaucoup plus vite qu'avant.

– Bien sûr, je sais tout de suite où je dois aller, où je dois mettre le pied, le doigt... Et puis, de temps à autre, je me dis : « Non, il faut que tu fasses un écart, il faut que tu ailles ailleurs que sur ces chemins déjà battus... Suis ton désir où qu'il t'entraîne... »

– C'est ce que disait le Christ : « Suis ton désir... »

– Je vais toujours dans le sens de mon désir... Sur ce point-là, je ne dévie pas...

– Cela se voit dans tes collections !

– Je trouve aussi que le travail que je fais est de plus en plus pensé, défini... Je ne fais plus de l'à-peu-près... J'ai des assistants, une fille, qui me soumettent des petites choses, des projets d'accessoires, de broderies... Si cela va, je ne dis rien ; puis tout à coup je refuse : « Cela ne veut rien dire... » Et c'est ça l'important : je sens que j'ai acquis beaucoup de force par rapport à ce qui pour moi est le bon sens, qui est ma ligne...

Je peux parfois carrément me tromper. Heureusement ! C'est de travailler ainsi qui me fascine de plus en plus : prendre le risque d'avancer dans du nouveau... Si tu ne sens plus ça, si tu n'as plus cet appétit-là le matin, ce doit être terrible... Imagine que tu ne puisses plus écrire !

– Je dessinerais, je me promènerais dans mon jardin, je regarderais passer les saisons... On ne peut pas savoir d'avance ce qu'on fera sur le tard !

– C'est vrai, on ne sait pas ce qui va arriver. Je suis choquée, en ce moment, par la mort subite... Celle de ma sœur, déjà, puis d'un bébé autour de moi... C'est abominable.

– Le dialogue avec un être cher s'interrompt d'un instant sur l'autre. Et cela nous arrive de plus en plus souvent à mesure que nous avançons en âge... Mais quoi d'autre change encore ? Le sexe...

– Avec le sexe, il n'y a pas de vrai problème, tu peux toujours faire l'amour ; mais ce que j'aime dans l'amour, c'est la beauté du corps, c'est la danse, le trouble, la contemplation. C'est très visuel, pour moi, l'amour... Et faire l'amour quand on devient âgé, ça n'est plus du tout la même chose, ce n'est plus faire l'amour... c'est faire la tendresse !

– Cela dépend des gens.

– On me parle de femmes plus âgées que moi qui

sortent avec des jeunes gens. Moi, je n'en ai pas du tout envie, et quand je demande : « Comment peuvent-elles ? », on me répond : « Tu ne te rends pas compte, c'est formidable... » Peut-être, mais j'aurais du mal...

– Qu'est-ce qui te déplairait ?

– L'amour, pour moi, c'est la rencontre sensuelle, il y faut la volupté, les circonstances, l'engouement... C'est aussi la jalousie, le combat... À partir d'un certain moment, tu n'as plus l'âge de te battre, que ce soit dans un lit ou ailleurs... Quand je pense que j'ai passé ma vie à faire l'amour à l'heure du déjeuner ; aujourd'hui, il faudrait me payer !

– Tu l'as vécu, ç'a été un chapitre de ton existence, tu en vis un autre aujourd'hui qui a d'autres beautés !

– À condition qu'on m'y aide et non pas qu'on fasse le contraire... Quelqu'un vient pour m'interviewer et commence ainsi : « Vous êtes un exemple pour toutes les femmes ; à votre âge... » J'ai répondu : « Arrêtons tout de suite cette interview, je ne veux pas la faire, cela ne m'intéresse pas... »

– C'était de l'inélégance, de la grossièreté, même...

– Cela dépend peut-être des pays ; je n'étais pas en France... Mais être un exemple pour les femmes qui ont mon âge, je n'ai pas cette sagesse-là !

– On ne devrait pas nous juger par rapport à l'âge.

– Qu'on arrête tout simplement de nous demander notre âge !

– Dire qu'on a un certain âge devrait suffire... C'est jeter un voile de mystère et rien ne sied autant aux femmes que le mystère... Sans compter qu'on a un certain âge à tous les âges !

– Je voudrais découper ma vie quotidienne autrement.

– Je reconnais bien là la couturière !

– J'aimerais pouvoir me dire : « Après le déjeuner, maintenant je fais une sieste ! » Jusque-là je n'ai jamais pu. Je devrais prendre certaines résolutions...

– Je n'en vois qu'une en ce qui te concerne : être un peu plus douce avec toi-même ! Le reste se résume à l'élégance : lorsqu'on vieillit, on doit tenter de l'être de plus en plus, déjà sur soi, mais aussi avec les autres... En revanche, il faudrait qu'ils le soient avec nous. Cela nous permettrait de donner jusqu'au bout le meilleur de nous-mêmes !

– Ce qui est difficile, c'est que tu dois peiner de plus en plus pour être élégante. Avant, c'était avec un rien : un jean, une chemise, une paire de talons aiguilles et tu étais élégante... Mais, pour l'être sans pouvoir porter de talons, parce que tu as mal aux jambes, que tu n'es plus mince, que tes cheveux se cassent...

– L'élégance exige alors un plus grand effort. Mais le résultat en vaut la peine... J'adore les femmes d'un « certain âge » qui sont raffinées jusqu'au bout des ongles, beaucoup plus que je ne le suis...

– Maintenant, je fais vachement attention... Alors que je ne me maquillais pas pour sortir, je me maquille même quand je reste à la maison... Miroir, dis-moi qui est la plus belle !

– Toi qui vois de près les plus belles femmes du monde, des *top models* sublimes, toi qui travailles avec elles, sur elles, tu ne trouves pas que les femmes qui ont un « certain âge » ont parfois une autre forme de beauté, mais tout aussi frappante ? On ne peut pas s'empêcher de les regarder !

– C'est vrai, j'ai vu des femmes extraordinaires. Tiens, une fois, dans un hôtel de New York, j'ai aperçu Gala, la femme de Salvador Dalí, elle était très âgée et je ne pouvais pas la quitter des yeux : elle était comme une œuvre d'art ! Et puis, je me suis approchée et là, c'est devenu plus dur...

– Le « certain âge » supporte mal la proximité : à dix mètres, ça va ; à dix centimètres, moins... On n'est plus faites pour être vues à la loupe comme le sont les toutes jeunes...

– Tout cela est abominable... Pourquoi diable veux-tu écrire sur le vieillissement ?

– Justement, pour qu'on en parle... Dans notre société, c'est comme si personne n'avait conscience du changement dû à l'âge : ni ceux qui vieillissent, ni ceux qui le constatent sur autrui... Sauf dans leur dos : « Tu as vu le coup de vieux qu'elle s'est pris... ! »

– Comme si on n'était pas toutes prises dans le même processus ! Vieillir est un drame général...

– Dont il faut s'occuper : d'une part, il faut le soigner comme une maladie, tenter d'y remédier par tous les procédés actuels en matière d'alimentation, des médicaments ; on commence seulement... De l'autre, il faut consoler...

– Console-moi !

– Je t'aime.

– Moi aussi !

MARGUERITE MAZURIER,
agricultrice

Si nous remontions nos généalogies respectives, Marguerite Mazurier et moi, nous finirions sûrement par nous découvrir des ancêtres communs. Mais dans notre Limousin paysan, on n'avait guère le temps ni le souci de s'intéresser à la chaîne de ses aïeux, et c'est à peine si je connais le nom de mes grands-parents maternels. Quant à leur activité, je crois savoir qu'ils étaient paysans. Propriétaires de quelques hectares ? Fermiers ? Métayers ? Je sais seulement qu'ils travaillaient la terre, comme ceux de Marguerite, et que là sont mes racines, proches des siennes.

En tout cas, je la vois vivre depuis toujours, cette femme au visage désormais si paisible, à la peau affinée, au sourire accueillant. Au début, je ne l'apercevais le plus souvent que de loin. Une silhouette s'activant dans les champs quand j'allais avec ma mère me promener de son côté, et une voix chantante pour nous accueillir – le patois – quand nous nous rendions dans sa ferme acheter des œufs et nous faire offrir des cerises, parfois des champignons. Les pay-

sans sont généreux de leurs produits, fiers d'avoir quelque chose d'exceptionnel à donner.

Ça n'est que maintenant, ayant toutes deux atteint le « certain âge », que je fréquente à loisir Marguerite quand je réside dans la maison de ma mère, proche de sa ferme où, veuve, elle vit solitairement sa retraite. Ce qui fait qu'elle a tout son temps pour me recevoir dans sa grande et belle salle pavée de pierre, à la haute cheminée noircie.

Toutes deux, nous prenons un plaisir qui va croissant, je le sens, à nos entretiens : bien qu'ils soient différents, nous partageons des souvenirs du même autrefois, qu'il s'agisse de gens, de lieux, de façons de faire : « On ne trouve plus d'aussi bons gâteaux que ceux de l'ancien pâtissier... » ; « Votre Maman était si élégante, on la voyait passer sur la route quand elle allait au cimetière... » ; « Vous ne sortez plus guère de chez vous, Marguerite, pourquoi ça ? – Ce sont mes jambes qui me peinent, et mes pieds me font mal... – Et moi donc ! Je n'irai plus danser à la fête de la batteuse, comme autrefois... »

Et de rire ensemble à l'évocation de ce qui nous paraît avoir été le « bon temps » du seul fait qu'alors nous étions jeunes et pleines de force.

Aujourd'hui, elle, la femme des champs, moi, celle des villes, c'est le vieillissement qui nous rapproche ; comme aussi d'avoir vécu nos bonheurs et nos malheurs sur ce même coin de terre.

Chacune à sa façon, bien sûr – moi nomade, elle sédentaire –, mais au bout du voyage, cela revient au même.

*

M.C. – Comment vivez-vous le vieillissement vous qui avez tant travaillé physiquement, et qui, devenue veuve, restez seule chez vous parmi tous ces bâtiments de ferme désormais vides ? Y étiez-vous préparée ?

M.M. – L'âge, je n'avais pas le temps d'y penser quand j'étais en pleine activité ! Il y a tant à faire ! Entre les bêtes qu'il faut sortir, rentrer, nourrir, les vaches à traire, les travaux des champs, on n'a pas une minute à soi ! On se levait à cinq heures et on se couchait tard dans la nuit.

– D'autant que vous n'aviez pas de femme de ménage !

– La femme de ménage, il n'y en a qu'une : c'est la paysanne ! On fait tout à la maison : les poussières, les lits, le balayage, surtout pour la salle qui se salit sans arrêt. On a aussi la lessive – j'ai encore connu le lavoir à l'eau froide –, le repassage, s'occuper des enfants à mesure qu'ils naissent. Et de son homme.

– Et des vieux ?

– Bien sûr ! On gardait les parents avec soi, à l'époque ; les maisons de retraite, ça n'existait pas ; de toute façon, on n'avait pas de quoi s'en payer une. Garder ses vieux, c'était normal... De ce point de vue, on savait ce que c'était que le grand âge, puisqu'on l'avait sous les yeux. Et c'était pas toujours drôle...

– Comment ça ?

– Il n'y avait pas toute cette médecine d'aujourd'hui, avec la sécurité sociale, les aides à domicile. Ce qui fait qu'on ne faisait venir le médecin que dans le cas de grosse maladie, comme une attaque, un membre cassé... Pour le reste, chacun allait jusqu'au bout de sa force. Tant que mon père a pu tenir la fourche et aussi la faux, des outils bien lourds à manier, il s'est senti utile et il avait le moral. Mais du jour où il a dû s'arrêter, il a commencé à déprimer et il s'est mis à boire... C'est ça, le pire, pour les vieux, chez nous : c'est la boisson !

– Votre père ne buvait pas, avant ?

– Si, mais tant qu'il s'activait, qu'il était dans le gros travail, ça allait, il n'était jamais saoul... Mais quand il a dû rester à la maison, à ne plus faire que le tour des bâtiments, l'alcool lui a monté à la tête. Et il a bu de plus en plus, jusqu'à son attaque. Alors il est resté couché la plupart du temps. Sur la fin, il fallait le nourrir, le nettoyer... Une tâche qui s'ajoutait à toutes les autres. Il le savait, et disait : « Je ferais mieux de mourir, je pèse, j'encombre... » On lui disait : « Non, non », mais c'était vrai !

– Et votre mère, elle a dû vieillir, elle aussi ?

– C'était pas pareil ! Bien sûr, Maman n'allait plus aux champs, mais elle faisait beaucoup de choses à la maison, elle préparait les repas, elle ravaudait, s'occupait du linge, nourrissait les petits animaux, les chiens, les poules, les lapins. Elle surveillait aussi les enfants, leur donnait à goûter au retour de l'école. Cela nous déchargeait, mon mari et moi.

– Et elle s'occupait de son mari ?

– Sur la fin, c'était dur pour elle de voir son homme dans cet état, elle était tout le temps après lui : elle le bousculait pour qu'il se lève, se lave, et elle cachait les bouteilles. Mais, tant qu'il a pu se rendre à la Coop à bicyclette, il en ramenait qu'il cachait dans les buissons autour de la maison... C'est là qu'il les buvait, en disant qu'il allait aux champignons.

– À vous entendre, on dirait que les femmes, chez vous, vieillissent mieux que les hommes ?

– Nous restons souvent veuves, comme je le suis aujourd'hui. C'est que mon mari aussi s'est mis à boire quand il n'a plus pu tenir la ferme et qu'on a dû louer nos terres à un jeune agriculteur. On nous a aussi repris le cheptel. C'est là que mon mari s'est senti diminué, il était inconsolable... Heureusement qu'il y a maintenant la télévision : il la regardait pendant des heures.

– Il ne vous aidait pas un peu aux travaux ménagers ?

– Il n'en avait pas l'habitude ; les hommes, chez nous, ne s'occupaient pas de ça : le ménage, la cuisine, torcher les gosses, c'était le travail des femmes...

– Ce n'est pas considéré comme une activité virile ?

– Ils préfèrent fumer, boire, aller au bistro quand il y en a un dans le coin. Mais nous, ici, on est loin de tout. L'hiver est long.

– Vous ne partiez pas en voyage ?

– Il y a des agriculteurs qui peuvent se le permettre aujourd'hui, mais pas de notre temps ! Avec quel argent ? Notre retraite, vous savez ce que c'est, et c'était encore pire autrefois : pratiquement rien !... Tant qu'Auguste a pu, il a travaillé le potager, les pommes de terre, les choux, les poireaux, les tomates. Et j'ai fait des confitures avec nos fruits...

– Tout ce que vous racontez là, Marguerite, n'est pas bien drôle... Pourtant, vous êtes gaie !

– C'est la vie, et si on est fâché avec elle, il n'y a plus qu'à s'en aller !

– Vous avez des plaisirs, aujourd'hui ?

– J'ai déjà l'aide-ménagère qui vient me voir plusieurs fois par semaine. Mes enfants aussi me rendent visite, mais ils habitent la ville, c'est loin. Quand ils viennent, ils m'amènent mes petits-enfants qui courent partout ; c'est pour eux que je garde quelques poules, ça les amuse de leur donner du grain. Et puis, ils repartent avec des œufs. Ils sont contents, moi aussi... Si je n'avais pas mes douleurs !

– Rhumatismes ?

– Un peu de tout. Il paraît que nous, les paysans, nous sommes usés plus fort et plus vite que les autres ! En tout cas, c'est ce que m'a dit le kiné. C'était la même chose pour mes parents, et aussi pour mon mari. Tous ils avaient le dos cassé ! C'est qu'on a porté des charges trop lourdes. Ça pèse, une fourchée de paille à mettre en meule, ou du foin à hisser sur la charrette. À le faire toute une vie, on s'use les os.

– Pourtant je vois votre voisin, il a plus de quatre-vingts ans, et il va et vient. Il aide son fils en montant sur le tracteur !

– C'est vrai que le René est encore en bonne forme ! Mais il a dû se faire opérer du dos, et ça lui a réussi. Il y a aussi que lui, il n'a jamais bu...

– Personne ne fait du sport, chez vous ?

– Les enfants de maintenant, oui ! Ils doivent rester plus longtemps à l'école, on leur apprend à nager à la piscine, il y en a qui font du foot, du judo... Mais ceux qui reprennent la ferme de leurs parents, après ils n'ont plus le temps ! Quand on a peiné toute une journée derrière la charrue ou à fabriquer des clôtures, à relever un mur, un bâtiment – on ne fait jamais appel à un ouvrier, chez nous –, vous pensez qu'on n'est pas en état pour le sport ! On n'a plus envie que de sa chaise, de fourrer ses pieds sous la table, puis au lit !

– Vieillir, dans ce cas, est peut-être un repos : on arrête les travaux forcés ?

– Je ne dirai pas ça ! Rester à la terre, on l'a choisi, on l'aime... Mon père me disait toujours : « Nous, on est libres, on travaille quand on veut, on n'a pas de patron ! » Reste qu'on en a quand même un, de patron, c'est la météo, et, pour les jeunes d'aujourd'hui, il y a l'Europe qui leur dit ce qu'ils doivent faire pousser ou pas ! On est bien moins libres qu'avant...

– Mais il y a des aides, des subventions...

– C'est vrai, on en touche même à ne rien faire : à mettre en jachère ! On n'aurait jamais imaginé ça, de mon temps ! Et puis, la vie des femmes est devenue plus aisée, avec les machines à laver le linge, la vaisselle, le Frigidaire, les grandes surfaces, les congélateurs. Ma mère faisait le pain elle-même pour tout le mois ! Sans compter qu'on ne nous demande plus d'aller aider les hommes aux champs, ils ont des machines qui font presque tout toutes seules... Je vois les jeunes agricultrices, elles sont pas comme nous : nous, on est plus marquées de visage à trente ans que vous, des villes, à soixante...

– Vous trouvez qu'elles vieillissent moins vite ?

– De ce point de vue, elles ont une vie meilleure. Mais nous, on a quand même vécu la belle époque...

– Comment ça ?

– On vivait en famille : plusieurs générations sous le même toit, ce qui fait qu'on ne se retrouvait jamais seul, comme je le suis aujourd'hui avec mes enfants qui sont partis. Et s'il gardait toute sa tête, le plus vieux, le chef de famille, c'est lui qui commandait : il avait l'expérience, il savait prédire le temps, comment allait être la récolte pour cette année, quel ouvrage à faire ce jour-là, comment s'y prendre ! Il se promenait partout avec son bâton, sa casquette, et il avait le regard sur tout. Les jeunes lui obéissaient sans broncher... Le chef, dans une exploitation agricole, c'était le plus vieux ! Et il fallait pas qu'on se plaigne. D'ailleurs, on ne se plaignait jamais...

– Contrairement à maintenant, avec les années, on pouvait acquérir du prestige et du pouvoir ?

– Et du respect ! On ne se moquait pas des vieux, en ce temps-là, comme je vois qu'on fait maintenant...

– Eh bien, moi, Marguerite, je vous trouve formidable et je vous respecte infiniment. En plus, vous êtes belle, avec votre visage comme gravé par l'aiguille du temps.

ANTOINETTE,
ex-mannequin

J'étais toute jeune quand j'ai vu défiler Antoinette pour la première fois. À l'époque, la présentation des collections n'avait pas lieu sur un podium, mais dans les salons du couturier. Tous les jours à trois heures.

Un peu plus grande que ses compagnes, son abondante chevelure rousse répandue sur ses épaules, la démarche impériale, Antoinette paraissait l'image de la femme éternelle. Rien, semblait-il, ne pouvait avoir prise sur elle : ni les problèmes de la vie quotidienne, ni, bien entendu, le temps.

Un jour, la maison qui l'employait – en fait, celle de ma mère – ayant fermé, je n'eus plus l'occasion de la voir défiler. Ayant mes soucis d'existence, m'avançant sur des chemins différents des siens, je cessai de penser à Antoinette, m'imaginant peut-être qu'elle paradait pour quelque autre maître de la haute couture.

Ce fut elle, à l'occasion de la parution d'un de mes ouvrages, qui reprit contact avec moi, et nous nous revîmes. Quelles retrouvailles, que d'évocations !

Alors que je la coudoyais presque quotidiennement

en rendant visite à ma mère dans ses salons de l'avenue George-V, je ne soupçonnais pas à quel point Antoinette, silencieuse comme l'exigeait sa fonction d'« objet », enregistrait tout. Et portait des jugements sans appel sur le monde qui l'entourait, à commencer par les rouages secrets d'une maison de haute couture, ses ateliers, son personnel, ses modèles, sa créatrice... et moi !

À peine plus jeune, un peu plus mince – Antoinette étant joliment en chair –, j'avais le privilège d'emprunter parfois les robes qu'elle présentait, et elle se souvenait à merveille des formes et des couleurs qui m'allaient le mieux.

J'ai toujours pensé que la couture est un langage et qu'on en révèle long sur soi-même selon la façon dont on s'habille. Dialoguer avec Antoinette acheva de me le confirmer : cette fille si belle et si simple qui se plaignait de n'avoir pu faire d'études – embauchée dans les ateliers à quinze ans, vite promue mannequin –, possédait toutes les subtilités de ce langage-là, et j'adorais l'entendre le parler.

Ce qui m'incita à rédiger un livre (La Chair de la robe) *sur cette haute couture de l'avant et de l'après-guerre que nous avions connue, elle et moi.*

Grâce à un excellent mariage qui lui en avait donné les moyens, Antoinette, désormais veuve, ne négligeait ni d'entretenir sa beauté, ni de s'habiller chez les couturiers, en particulier chez Dior. Pour moi, elle était et demeurait splendide.

Puis elle se retira dans le Midi, et je la perdis de vue.

Quand je la revis, lors d'un de ses passages à Paris, elle accusait enfin le « certain âge ». Avec une grâce toute particulière – elle était restée droite, les cheveux du même ton acajou – qui lui conservait son allure.

J'eus envie d'en savoir plus long sur ce que pouvait ressentir une reine de beauté désormais sans royaume. Antoinette étant la sincérité même, elle ne m'a rien caché.

*

M.C. – Comment vous, Antoinette, qui avez été l'une des plus belles femmes de Paris, qui avez fait la une de tous les magazines d'ici et d'ailleurs, supportez-vous de vieillir ? D'abord, est-ce que vous vous y attendiez ?

A. – Bien sûr ! À dix-sept ans, j'ai été engagée dans la cabine des plus grands couturiers de l'époque. Dès le premier jour, alors que vous n'avez pas une ride, pas même cessé de grandir, on vous avertit de tous les côtés : « Attention, profites-en, ça ne durera pas ! »

– Et vous y avez cru ?

– Pas plus que les adolescents quand on leur dit qu'un jour ils vont mourir... Reste que nous sommes averties : notre métier à nous, mannequins – maintenant, on dit *top models* –, s'il est prestigieux, est un métier court, comme celui des sportifs...

– Pour vous, il ne l'a pas été : à cinquante ans, on vous photographiait encore !

– À la demande des couturiers qui m'avaient donné

mon style et qui me trouvaient accordée au leur. Et puis, grâce au travail des photographes...

– Les photos sont retouchées ?

– Pas vraiment. C'est nous, les filles, qui le sommes !

– Comment ça ?

– La « retouche » se passe en plusieurs étapes. La première, lorsqu'on est toute jeune, consiste à faire attention à son régime : éviter le pain, le gras, le sucre, l'alcool surtout, enfin, tout ce qui ferait grossir n'importe qui !

– N'est-ce pas un sacrifice de commencer sa vie en renonçant à ses douceurs ?

– Il y a des compensations, et elles sont de taille ! Déjà l'argent qui permet de s'acheter tout ce qu'on désire, à commencer par des meubles, un appartement, des œuvres d'art si on aime ça ; on peut aussi gâter les siens. La plupart des mannequins sont d'origine modeste ; de mon temps, on les disait filles de concierge ou de buraliste... C'est vrai, j'en ai connu. Et ce changement de niveau de vie est bien appréciable. Et puis, il y a la beauté !

– La vôtre ?

– À dire vrai, on ne se trouve jamais belle, surtout au saut du lit, avant l'« arrangement » : le maquillage, la coiffure, la mise en forme... Non, je parle de la beauté des modèles que l'on porte, que l'on doit apprendre à « enlever », et qui se renouvelle sans cesse, saison après saison... On vit dans la soie, le velours, la broderie, le parfum ! Les maisons de couture sentent bon !

– Ce n'est pas très dur, presque insupportable, d'être tout le temps debout pendant que le couturier met ses idées au point sur vous ?

– Si, mais on est entraînées. Et puis, les grands créateurs sont des êtres délicieux, compréhensifs ; ils vous remercient ne serait-ce que d'un coup d'œil, ou même en vous disant que vous les aidez, que, sans vous, ils n'auraient pas réussi à achever leur collection !

– Vous avez droit à la parole ?

– Le moins possible ! Tout se fait par gestes : une façon de se tenir, d'avancer un bras, une jambe, d'aplatir un pli, de faire gonfler une jupe, de manière à tirer le meilleur parti possible de l'ébauche qu'on a sur le corps ! On sent le mouvement à faire de l'intérieur, et, du coup, le couturier voit le parti qu'il peut tirer de ce qui n'est au tout début qu'une coupe de tissu... C'est grisant !

– Mais cette œuvre n'apparaît pas sous votre nom ? Personne ne sait la part que vous y avez prise...

– Les grands mannequins sont vite repérés, les couturiers tentent de se les arracher mutuellement. Et puis, il y a les photos. On finit par devenir aussi célèbres que l'étaient autrefois les modèles des peintres. Et comme elles, on pose parfois pendant des heures, plus ou moins nues, c'est épuisant ! Mais quand le résultat est là, parfois sublime, tout l'effort est oublié...

– Les défilés aussi, si applaudis...

– Mais les photos restent !

– Je vois que vous en avez affiché toute une galerie sur vos murs, vos meubles. Mais quand ça s'arrête, n'est-ce pas terriblement attristant, et même douloureux, de se dire que tout est fini ? Qu'on n'est plus cette reine suprême de l'élégance ?

– L'élégance, elle, demeure, à condition qu'on le veuille : c'est une façon de se vêtir, aussi de se comporter... Quant au physique, le changement se fait progressivement. On a l'exemple de certains grands mannequins, comme Marie, l'égérie de Saint Laurent, qui présentait encore la collection alors que ses cheveux étaient tout blancs...

– Qu'est-ce qui vous lâche en premier ?

– La peau, bien sûr : on se ride, on se plisse... Toutefois, il y a des moyens de lutter contre : déjà, éviter totalement le soleil et les UV. Utiliser les crèmes de soin, elles sont de plus en plus performantes. Et les filles d'aujourd'hui ont recours à la chirurgie esthétique, au Botox... Cela devient même exagéré : à vingt ans, les agences de mannequin leur demandent parfois de se faire raccourcir le nez, de changer leur implantation de cheveux, la forme de leur menton... Il y a un « canon » pour le mannequinat d'aujourd'hui alors que, de mon temps, les photographes savaient utiliser même nos défauts : ils travaillaient les angles, la lumière... C'étaient de grands artistes : il me semble qu'il le sont moins : on leur mâche trop le travail en leur fournissant des filles faites au moule, des petites « poupées Barbie ».

– Tout de même, un jour cela s'arrête : plus ou moins tard, on ne veut plus de vous ! Vous êtes sorties de la mode !

– Les unes se font remercier avec indemnité, cérémonie d'adieu ; les autres démissionnent, vexées de ne plus faire de « couv' »... Elles en veulent au monde entier, et parfois cela se termine mal.

– Comment ça ?

– Certaines se suicident, comme ce fabuleux mannequin de Chanel qui n'a pas supporté sa mise à l'écart. D'autres, comme l'ont fait les plus belles femmes du monde – Marlene Dietrich, Ava Gardner, etc. –, entrent en réclusion pour cacher au monde les dégâts de l'âge, et on ne les voit plus. Je pourrais vous citer des noms de mannequins d'autrefois dont personne ne sait plus où elles sont, ni même si elles vivent encore...

– Il y en a une qu'on continue de voir dans les médias, parmi les *people* : c'est Bettina, qui était le mannequin-star de Jacques Fath !

– Bettina est une merveilleuse exception : elle ne cache ni son âge ni ses rides, elle sait s'habiller à merveille et continue d'éblouir, déjà par son allure, ensuite par sa gentillesse... Cela vient de l'âme, je crois, du caractère...

– Et vous ?

– Je fais de mon mieux ! Je me soigne, me « restaure », mais sans excès. Par mon travail dans l'univers de la couture, j'ai appris à dissimuler ce qui cloche et à mettre en évidence ce que l'on a de plus beau...

– Vos yeux...

– Oui, je les maquille énormément, et je me suis fait arranger l'ovale du visage – une opération de peu d'importance qui remet vos traits et votre cou en place. En revanche, je ne porte plus que des pantalons : pour cause de mauvaise circulation, mes jambes ne me plaisent plus...

– Et les mains, ces traîtresses ?

– Je porte souvent des gants quand je sors, et je me suis fait retirer le plus gros des taches brunes...

– Les fameuses « fleurs de cimetière » !

– En fait ce sont des fleurs de soleil, cet ami/ennemi de la beauté des femmes...

– Reste le plus important : les hommes ! Si je me souviens bien, vous en aviez toute une cour...

– Peut-être, j'ai oublié ! Non, je plaisante... C'est vrai qu'à l'époque, quantité d'hommes couraient après les mannequins. Nous avions la réputation – souvent fausse – d'être plus « faciles » que les femmes du monde (ça a bien changé depuis !), et certains venaient assister aux essayages de leur épouse rien que pour pouvoir nous approcher, nous proposer des rendez-vous...

– Résultat des courses ?

– Certaines d'entre nous ont fait de beaux mariages. Au moment fatal où elles allaient « passer la ligne », elles ont réussi à partir en beauté, même si la leur s'estompait !

– Et vous ?

– Moi, j'ai eu la chance de rencontrer l'amour. Un homme qui m'a aimée pour moi-même, que j'ai perdu, hélas. Je n'ai pas pu avoir d'enfant, mais j'ai les siens d'un premier mariage, qui m'entourent d'affection.

– Cela vous suffit ?

– Bien sûr, que voulez-vous dire ?

– Quand on a été si belle, si admirée, si entourée,

et qu'on n'est plus qu'une épouse ou une belle-mère, il n'y a pas quelque chose qui manque ?

– Vous savez, la trop grande beauté, surtout quand vous en faites métier et qu'on doit perpétuellement la soigner et la mettre en évidence, parfois elle pèse...

– Ne me dites pas qu'on souhaite s'en débarrasser ?

– Presque... Tenez, imaginez que vous soyez allée à une grande soirée, un bal somptueux, pour lequel vous avez endossé une toilette magnifique, très compliquée, avec manteau du soir, coiffure en chignon, diadème, rivière de bijoux... Vous rentrez chez vous épuisée, au petit matin, et vous commencez à vous déshabiller, vous « désharnacher » : est-ce que vous n'éprouvez pas un soulagement infini ?

– C'est ce qui arrive avec le temps : vous quittez votre beauté comme un costume d'apparat ?

– Au soir de la vie, vivement la robe de chambre et les pantoufles ! Je n'avais pas vingt ans, j'étais déjà mannequin, et mon premier geste en me levant c'était de courir me regarder dans la glace pour voir si je n'avais pas les yeux cernés, ou si l'oreiller ne m'avait pas laissé de plis sur le visage. Et je me pesais : je n'avais pas droit à un gramme supplémentaire... Maintenant, j'allume la radio et je me dirige voluptueusement vers mon chocolat et mes croissants... Au diable les miroirs !

– Et au diable les hommes ?

– Pas du tout ! Mais les hommes – n'y en aurait-il qu'un... – viennent à moi pour ce que je suis, et non plus attirés par mon image. Là aussi, comme lorsqu'on ôte son costume de parade, c'est un merveilleux soulagement.

– Alors vieillir, pour une *top model* qui a été divine, ce ne serait pas le naufrage dont tout le monde se plaint tant ?

– Si, bien sûr, une partie de soi, celle qui « flashait » dans les magazines, qui n'avait qu'à se laisser porter par la couture, coule inévitablement ! Mais l'autre partie, la plus intime, l'anonyme, a encore la possibilité d'aborder d'autres îles... Le tout est d'avoir le courage de nager jusqu'à elles afin d'y prendre pied – et je m'y entraîne un peu tous les jours...

– Antoinette, je crois que vous y êtes ! J'en suis même certaine !

PATRICK DUPOND,

danseur

Pour tous ceux qui en ont eu le privilège, voir danser Patrick Dupond, c'est assister à une métamorphose : l'être humain devenu plume, oiseau, signe, oublieux de la terre et de ses gravités... Mais c'est aussi une joie que de le voir évoluer à toute heure, avec sa grâce singulière, sur un trottoir, dans une maison, un jardin, se lover sur un canapé, jouer avec ses chiens, lever sur vous ses yeux bleu fixe.

Si souvent en pleurs...

Que d'accidents, physiques et moraux, de rejets, de brisures, d'oublis, de trahisons ont jalonné sa vie encore courte, bien qu'il nous dise désormais : « Ça y est, c'est fait, je suis vieux ! »

Une manière d'apostropher les dieux si acharnés depuis sa naissance à le propulser vers les sommets, pour brutalement l'en faire choir : « Vous, là-haut, laissez-moi enfin en paix ! »

En compagnie de ce qu'il aime, c'est-à-dire la nature, la mer, les animaux, les arbres, faire la cuisine, enseigner ce qu'il possède et qu'il tient de ses maîtres – Claude Bessy, Max Bozzoni –, mais aussi ce qu'il sait d'instinct sans l'avoir appris... et sans même savoir que c'est en lui !

Le sens du goût, bien sûr, de l'élégance vestimentaire, de la liberté de parole (parfois excessive), mais aussi le courage.

Comme tous les danseurs, il est monté sur scène avec des blessures, des cassures, des fièvres, et l'impeccable sourire qui les dissimule. C'est son premier courage. Il y a l'autre, plus intime : il est reparti après des échecs, des refus, des renvois, des abandons qui en auraient anéanti plus d'un. Sans compter qu'il a essuyé la méconnaissance de ses capacités autres que la danse : Patrick est un acteur, un comédien, un chanteur en puissance... (Ceux qui l'ont applaudi il y a quelques saisons à l'Espace Cardin dans le spectacle de Jacques Pessis – Paris je t'aime *– le savent).*

C'est aussi un écrivain potentiel : un été, à Ré, chez moi, tous les matins Patrick m'arrivait en pyjama, brandissant dix pages d'un cahier d'écolier : « Regarde ce que j'ai écrit, dis-moi si ça va ! » Je lisais, épatée – moi, dans le même temps, je n'avais rédigé qu'un feuillet ! – : « Patrick, c'est parfait, c'est tout toi, je n'ai rien à te dire, continue... »

L'écrit de l'été est devenu Étoile, *son autobiographie publiée chez Fayard juste après un terrible accident de voiture qui l'empêcha d'en faire véritablement la promotion.*

Toutefois, hors la danse, les réalisateurs, les promoteurs de spectacles – dont la plupart n'ont guère de curiosité pour le génie quand celui-ci ne se promeut pas lui-même – l'ont ignoré...

C'est vrai qu'il n'est pas tous les jours commode, notre étoilé *: écorché, il écorche. Il m'arrive de prendre avec lui mes distances, le temps qu'il revienne à lui, ce qu'il ne manque jamais de faire sans se soucier alors du passé : il a changé de costume, il est dans un nouveau rôle, un nouveau ballet, avec une nouvelle âme toute fraîche, toute disposée au brûlant bonheur d'une chorégraphie inédite qu'il espère danser pour vous, encore et encore, avant de disparaître en coulisse sur quelque preste entrechat...*

*

Oui, c'est moi, Patrick Dupond ! Qu'est-ce que je fais dans ce livre sur l'âge où j'ai accepté d'être invité ?

Eh bien voilà, c'est tout simple : j'ai quarante-six ans et je suis « vieux » !

Ne vous récriez pas, c'est la vérité, la réalité : à l'âge que j'ai, un danseur classique est tout simplement bon pour la casse. Ou le reclassement. Ou le suicide. Ou encore l'hospice... Ou pire : l'oubli total des trente-six années (on danse depuis ses dix ans) qu'il a vouées corps et âme à son dur métier d'artiste. Il arrive que son public, demeuré sous le charme, ait du mal à admettre qu'un Roméo de cinquante ans n'est plus crédible – mais l'Administration de l'Opéra et d'autres scènes lyriques ne le voit pas de cet œil. Et le couperet tombe.

Bref, je suis « vieux » !

Qu'est-ce que ça veut dire exactement ?

Eh bien, pour commencer, il faut que j'apprenne ce que je n'ai jamais fait jusque-là : à gérer mon énergie, et aussi mon « matos ». Moi qui me dépensais sans compter, sans rien vouloir écouter – ni de moi, ni des autres –, je dois maintenant tenir compte de mes articulations, prêter attention à ma nourriture, à mon sommeil, aux coups de froid, etc.

Mais où est-elle passée, cette énergie, allez-vous me dire, celle qui vous poussait à tout partager de vos émotions, cette inépuisable envie de communiquer avec tous et chacun, ce vent de folie qui soufflait sur votre vie et vous faisait vous envoler de joie jusqu'aux combles ?

C'est en cela que réside mon problème : tout est là, intact ! Tous ces attributs qui ont fait de moi ce que j'ai été, ce que je suis, persistent en moi, bien installés. Je dirai même que si je ne vis plus au rythme épuisant des spectacles quasi quotidiens, je conserve néanmoins – et ce n'est pas la moindre des choses – la même passion !

D'autant plus insupportable à gérer du fait que je ne la danse plus. Ou bien rarement, puisque je suis « vieux » !

Alors que faire, qu'en faire ? Je n'ai qu'une solution : la transmettre. Transmettre tout ce que j'ai appris, tout ce qui m'a été donné, ce que j'ai connu, goûté, savouré, enduré, mal vécu, bien vécu, tout cela, je le sais à présent, je dois le dédier à mes élèves qui sont ni plus ni moins mes enfants.

Cela ne s'exprime pas véritablement en mots, mais la grande chance du danseur ou de la danseuse, c'est que l'art qui est le leur se transmet. C'est même la seule façon, pour un danseur, de s'initier à ce qui va devenir sa vie : avoir un maître.

Et malgré les vidéos et autres supports audiovisuels, l'art de la danse ne se transmet que de personne à personne, par le geste, le regard, le bouche à oreille. Seul apprentissage valable depuis l'époque de Molière, de Lully, de Noureev, de tant d'autres...

C'est en septembre dernier, après le décès à quatre-vingt-cinq ans de mon maître Max Bozzoni – il s'occupait de moi depuis mes sept ans – que j'ai décidé de devenir à mon tour « maître à danser ».

Seule façon, pour moi comme pour d'autres danseurs eux aussi « à la casse », de recouvrer le bonheur, la joie de vivre et de se sentir à nouveau « tout neuf ». Jour après jour, après quelque temps de déprime et de désarroi, d'excès parfois, je découvre que la seule solution, quand on en arrive au « certain âge », c'est d'aimer l'autre encore plus fort qu'avant et de donner de soi jusqu'à épuisement du compte. « Ce qui n'arrive jamais », disait Arthur Rubinstein à quatre-vingt-dix ans !

Peut-être même les danseurs ne quittent-ils jamais vraiment la scène : je dois partir pour Moscou fêter les quatre-vingt-dix ans de Maïa Plissetskaïa, la grande étoile du Bolchoï, laquelle, pour l'occasion, va encore se produire dans *La Mort du Cygne* !

À croire que la règle administrative de la retraite à l'âge canonique de quarante ans pour les filles, quarante-cinq pour les garçons, n'est chez nous qu'un prétexte pour se défaire des « anciens » ! Lesquels ont de l'expérience, du savoir et une certaine philosophie de l'existence qui gêneraient peut-être les jeunes pouliches et les étalons piaffants, désireux de bénéficier au plus tôt de leur part de lumière !

Mais, après tout, être « vieux » présente bien des avantages : on devient libre enfin ! De ses horaires, de son emploi du temps, libre de vivre où, quand et comment on le souhaite !

Faites foin de la vilaine lettre administrative qui vous prie de dégager au plus vite avec toutes vos affaires qui encombrent votre ancien lieu de travail !

Si on vous traite de « vieux » ou de « vieille », faites comme moi : mettez-vous aux abonnés absents et partez loin, très loin.

Pour moi, après Moscou, je vais faire un détour par Manille pour rencontrer là-bas celui qu'on m'annonce être « le nouveau Patrick Dupond ». Me voici donc à la fois « vieux » et « réincarné » de mon vivant ! Que demander de plus ?

Ainsi la vieillesse serait un naufrage comme le déplorait François Mauriac, lequel l'affronta avec tant de vaillance ?

Y aurait-il quelque chose à conseiller aux futurs naufragés de ce radeau de la Méduse ? Comment s'y comporter pour subsister au mieux en attendant la vague finale ?

Certains, dégoûtés d'avance, se laissent couler avant terme en laissant la place à ces résistants qui s'accrochent, se retiennent à la vie à coups de satisfactions et de petits plaisirs. J'ai vu faire : il y a eu beaucoup de vieux dans ma famille, des quasi centenaires. J'ai pu admirer la façon inventive dont ils négociaient un quotidien perpétuellement changeant. Car le grand âge, contrairement à ce qu'en croient ceux qui n'y sont pas encore, n'est pas uniforme : il ne cesse d'évoluer, de se présenter autrement. On perd encore des facultés, que ce soit insensiblement ou par à-coups, mais aussi des besoins, et ce, pour s'accorder de nouvelles joies.

L'important, c'est le minuscule du quotidien et ce

qu'il comporte d'avenir – fût-il réduit aux journées, aux heures, aux minutes suivantes. Se pourrait-il qu'on ne soit jamais autant conscient d'être en vie, de ce misérable miracle qu'est l'existence, que lorsqu'elle devient incertaine ? Ainsi les condamnés à mort nous étonnent : où trouvent-ils le courage de savourer leur ultime cigarette, leur toute dernière minute ?

Cela ne s'apprend pas, c'est une grâce qui peut être donnée. Pas toujours. Quand elle est là, sachons l'accepter.

Je revois mon très vieux chien quelques minutes avant sa fin, dégustant avidement les bouchées d'une caille – son plat préféré – qu'il n'avait plus la force de quérir et que je lui glissais miette à miette dans la gueule.

Et ma marraine Madeleine Vionnet, impotente, quasi centenaire, une pêche veloutée qu'elle ne mangerait pas posée sur sa main, me chuchotant : « Regarde, regarde comme elle est belle ! »

Merveille pour elle, belle leçon pour moi ! C'est qu'au grand âge il ne s'agit plus que d'aimer.

Non pas aimer comme je l'entendais autrefois, en cherchant à m'approprier corps et âme ceux que j'estimais être mon bien, mon dû – mais aimer en ouvrant les mains. En laissant partir, filer – les hommes au besoin, les enfants de même, les possessions matérielles aussi... En ne gardant que la joie de vivre.

Celle d'ouvrir encore une fois les yeux sur un nouveau matin. D'accomplir à plein chaque geste, fût-ce au ralenti. De ne plus considérer que ce qui vaut la peine d'être vu : les oiseaux qui font leur nid sur l'arbre proche, la munificence des produits du marché, la douceur d'un vieux chandail ressorti de l'armoire, le charme d'une lecture, d'un film, d'une musique...

Dans l'abandon de tout sentiment de rivalité, de tout esprit de compétition.

C'est alors que les menus plaisirs de la vie courante viennent à vous : l'eau fraîche sur les mains, le retour des heures de repas, celui des saisons, les brusques changements de lumière, le passage d'un rideau de pluie, l'avènement du soleil, la caravane des merveilleux nuages... La vie terrestre dans son essence.

Et la compagnie des autres.

C'est qu'on en a tant perdu, de nos aimés ! Plus jamais notre cœur ne s'ouvrira de la même façon, aussi totale et confiante. On demeure sur la réserve d'avoir tellement souffert, de ne pouvoir les oublier, de savoir que nos plus ardents et voluptueux bonheurs sont derrière nous.

Mais il y a tous ces nouveaux êtres qui viennent à nous, si timidement. Qui cherchent à nous parler, nous approcher, à se faire entendre, consoler, admirer si possible...

Ces jeunes « sauvages » qui se présentent à moi sont d'un autre temps, ils manient un autre langage, montrent d'autres mœurs ; pourtant, ils restent identiques à ce que j'étais : peu sûrs d'eux, pleins d'un désir de bien, de beau, ne sachant comment s'y retrouver dans ce monde confus qui les tire en arrière plus qu'il ne les pousse vers l'avant.

Comme ils ont besoin d'être aimés !

Certes, il n'y a pas qu'eux : les anciens aussi, ceux de mon âge, quêtent mon affection. Mais vieillir, j'en sais quelque chose, les a rendus timides. Ils se disent qu'on va les trouver décatis, insuffisants, n'ayant plus rien à offrir – alors que c'est tout le contraire : chacun d'eux incarne désormais un monde à découvrir, à explorer !

La seule chose que j'aurais à leur reprocher, c'est d'être encore plus de passage que les jeunes : un rien, une mauvaise grippe, et les voilà hors de vue...

Toutefois, le temps qu'ils sont encore auprès de moi, et moi auprès d'eux, que de trésors ils savent me dispenser chaque jour, mes vieux chers et bons amis !

Du même auteur :

UN ÉTÉ SANS HISTOIRE, roman, Mercure de France, 1973 ; Folio, 958.

JE M'AMUSE ET JE T'AIME, roman, Gallimard, 1976.

GRANDS CRIS DANS LA NUIT DU COUPLE, roman, Gallimard, 1976 ; Folio, 1359.

LA JALOUSIE, essai, Fayard, 1977 ; rééd., 1994.

UNE FEMME EN EXIL, récit, Grasset, 1979.

UN HOMME INFIDÈLE, roman, Grasset, 1980 ; Le Livre de Poche, 5773.

ENVOYEZ LA PETITE MUSIQUE..., essai, Grasset, 1984 ; Le Livre de Poche, « Biblio/essais », 4079.

UN FLINGUE SOUS LES ROSES, théâtre, Gallimard, 1985.

LA MAISON DE JADE, roman, Grasset, 1986 ; Le Livre de Poche, 6441.

ADIEU L'AMOUR, roman, Fayard, 1987 ; Le Livre de Poche, 6523.

UNE SAISON DE FEUILLES, roman, Fayard, 1988 ; Le Livre de Poche, 6663.

DOULEUR D'AOÛT, Grasset, 1988 ; Le Livre de Poche, 6792.

QUELQUES PAS SUR LA TERRE, théâtre, Gallimard, 1989.

LA CHAIR DE LA ROBE, essai, Fayard, 1989 ; Le Livre de Poche, 6901.

SI AIMÉE, SI SEULE, roman, Fayard, 1990 ; Le Livre de Poche, 6999.

LE RETOUR DU BONHEUR, essai, Fayard, 1990 ; Le Livre de Poche, 4353.

L'AMI CHIEN, récit, Acropole, 1990 ; Le Livre de Poche, 14913.

ON ATTEND LES ENFANTS, roman, Fayard, 1991 ; Le Livre de Poche, 9746.

MÈRE ET FILLES, roman, Fayard, 1992 ; Le Livre de Poche, 9760.

LA FEMME ABANDONNÉE, roman, Fayard, 1992 ; Le Livre de Poche, 13767.

SUZANNE ET LA PROVINCE, roman, Fayard, 1993 ; Le Livre de Poche, 13624.

OSER ÉCRIRE, essai, Fayard, 1993.

L'INONDATION, récit, Fixot, 1994 ; Le Livre de Poche, 14061.

CE QUE M'A APPRIS FRANÇOISE DOLTO, Fayard, 1994 ; Le Livre de Poche, 14381.

L'INVENTAIRE, roman, Fayard, 1994 ; Le Livre de Poche, 14008.

UNE FEMME HEUREUSE, roman, Fayard, 1995 ; Le Livre de Poche, 14021.

UNE SOUDAINE SOLITUDE, essai, Fayard, 1995 ; Le Livre de Poche, 14151.

LE FOULARD BLEU, roman, Fayard, 1996 ; Le Livre de Poche, 14260.

PAROLES D'AMOUREUSE, poésie, Fayard, 1996.

REVIENS, SIMONE, suspense, Stock, 1996 ; Le Livre de Poche, 14464.

LA FEMME EN MOI, essai, Fayard, 1996 ; Le Livre de Poche, 14507.

LES AMOUREUX, roman, Fayard, 1997 ; Le Livre de Poche, 14588.

LES AMIS SONT DE PASSAGE, essai, Fayard, 1997 ; Le Livre de Poche, 14751.

UN BOUQUET DE VIOLETTES, suspense, Stock, 1997 ; Le Livre de Poche, 14563.

LA MAÎTRESSE DE MON MARI, roman, Fayard, 1997 ; Le Livre de Poche, 14733.

UN ÉTÉ SANS TOI, récit, Fayard, 1997 ; Le Livre de Poche, 14670.

ILS L'ONT TUÉE, récit, Stock, 1997 ; Le Livre de Poche, 14488.

MEURTRE EN THALASSO, suspense, Stock, 1998 ; Le Livre de Poche, 14966.

DÉFENSE D'AIMER, Fayard, 1998 ; Le Livre de Poche, 14814.

LES PLUS BELLES LETTRES D'AMOUR, Albin Michel, 1998.

THÉÂTRE I, EN SCÈNE POUR L'ENTRACTE, Fayard, 1998.

THÉÂTRE II, COMBIEN DE FEMMES POUR FAIRE UN HOMME ?, Fayard, 1998.

LA MIEUX AIMÉE, roman, Fayard, 1998 ; Le Livre de Poche, 14961.

CET HOMME EST MARIÉ, roman, Fayard, 1998 ; Le Livre de Poche, 14870.

SI JE VOUS DIS LE MOT PASSION..., entretiens, Fayard, 1999.

TROUS DE MÉMOIRE, essai, Fayard, 1999 ; Le Livre de Poche, 15176.

L'INDIVISION, roman, Fayard, 1999 ; Le Livre de Poche, 15039.

L'EMBELLISSEUR, roman, Fayard, 1999 ; Le Livre de Poche, 14984.

DIVINE PASSION, poésie, Fayard, 2000.

J'AI TOUJOURS RAISON, nouvelles, Fayard, 2000 ; Le Livre de Poche, 15306.

JEU DE FEMME, roman, Fayard, 2000 ; Le Livre de Poche, 15331.

DANS LA TEMPÊTE, roman, Fayard, 2000 ; Le Livre de Poche, 15231.

NOS JOURS HEUREUX, roman, Fayard, 2000 ; Le Livre de Poche, 15368.

LA MAISON, récit, Fayard, 2001.

LA FEMME SANS, roman, Fayard, 2001.

LES CHIFFONS DU RÊVE, nouvelles, Fayard, 2001 ; Le Livre de Poche, 15553.

DEUX FEMMES EN VUE, roman, Fayard, 2001 ; Le Livre de Poche, 15421.

L'AMOUR N'A PAS DE SAISON, Fayard, 2002 ; Le Livre de Poche, 30120.

NOS ENFANTS SI GÂTÉS, roman, Fayard, 2002 ; Le Livre de Poche, 30221.

CALLAS L'EXTRÊME, biographie, Michel Lafon, 2002 ; Le Livre de Poche, 30155.

CONVERSATIONS IMPUDIQUES, essai, Pauvert, 2002 ; Le Livre de Poche, 30028.

DANS MON JARDIN, récit, Fayard, 2003 ; Le Livre de Poche, 30410.

LA RONDE DES ÂGES, roman, Fayard, 2003 ; Le Livre de Poche, 30309.

MES ÉPHÉMÈRES, Fayard, 2003.

L'HOMME DE MA VIE, Fayard, 2004 ; Le Livre de Poche, 30504.

NOCES AVEC LA VIE, Fayard, 2004 ; Le Livre de Poche, 30615.

UN ONCLE À HÉRITAGE, Fayard, 2005 ; Le Livre de Poche, 30709.

LES ROSES DE BAGATELLE, Fayard, 2005 ; Le Livre de Poche, 30776.

Composition réalisée par NORD COMPO

Achevé d'imprimer en France en septembre 2007 par
MAURY Imprimeur
45330 Malesherbes
Dépôt légal 1re publication : octobre 2007
N° d'éditeur : 90640
LIBRAIRIE GÉNÉRALE FRANÇAISE - 31, rue de Fleurus - 75278 Paris Cedex 06

31/1816/3